教育的100种语言

丹麦教育见闻

/ 第二版 /

李镇西 / 著

大夏书系 — 教育观察

华东师范大学出版社
上海

图书在版编目（CIP）数据

教育的100种语言：丹麦教育见闻 / 李镇西著 . 2 版 . — 上海：华东师范大学出版社，2024. — ISBN 978-7-5760-5438-5

I. I267.5；G553.4

中国国家版本馆 CIP 数据核字第 2024QY9658 号

大夏书系丨教育观察

教育的 100 种语言——丹麦教育见闻（第二版）

著　　者	李镇西
策划编辑	李永梅
责任编辑	张思扬
责任校对	杨　坤
装帧设计	奇文云海·设计顾问
出版发行	华东师范大学出版社
社　　址	上海市中山北路 3663 号　邮编　200062
网　　址	www.ecnupress.com.cn
电　　话	021-60821666　行政传真　021-62572105
客服电话	021-62865537
邮购电话	021-62869487
地　　址	上海市中山北路 3663 号华东师范大学校内先锋路口
网　　店	http://hdsdcbs.tmall.com/
印 刷 者	北京季蜂印刷有限公司
开　　本	700×1000　16 开
印　　张	18
字　　数	248 千字
版　　次	2024 年 11 月第二版
印　　次	2024 年 11 月第一次
印　　数	4 100
书　　号	ISBN 978-7-5760-5438-5
定　　价	72.00 元
出 版 人	王　焰

（如发现本版图书有印订质量问题，请寄回本社市场部调换或电话 021-62865537 联系）

目 录

再版序 中国教育依然应该"面向世界" _1
自序 原来丹麦不仅仅有安徒生 _3

Part 1
初访丹麦

朦朦胧胧，我就这样走进了童话王国 _3
"我心里依然住着一个孩子" _6
"在丹麦，老师站在讲台上不代表他就是权威" _13
"所有人的注意力都在考试上，教育就没意思了" _17

如果孩子受伤了，家长会对老师说"这是我孩子不小心发生的" _23
所有读过安徒生童话的人，都是他的孩子 _27
"丹麦是一个女权社会，女性在社会上地位很高" _31
丹麦人害怕过度强调安全而束缚儿童手脚，影响他们的创造力 _35

"让童年本身具有价值"　_39

我第一次在童话剧里当上了"国王"　_45

观摩孩子们的"幻想之旅"童话剧演出　_52

从"幻想之旅"回到童年　_57

我亲手做了一个毛茸茸的兔子　_62

只有教师是一个幸福的人,他才能培养出幸福的人　_67

"领导者要有一个唱反调的人"　_72

"难忘今宵,难忘今宵……"　_77

一个 500 多万人的国家,却有 13 位诺贝尔奖获得者　_80

Part 2 再访丹麦

《皇帝的新装》里那个说真话的小男孩，就是安徒生自己　_89

"无论是读职业学校，还是读高中考大学，都是孩子自己决定"
　　——访斯莱特学校（上）　_96

"培养公民，就是一个教育者最大的自豪！"
　　——访斯莱特学校（中）　_105

"学生脸上充满微笑，这就是对我最大的奖赏"
　　——访斯莱特学校（下）　_112

丹麦的青年学校是什么样的学校？　_124

"当我给孩子讲故事时，我就回到了孩童时代，走进了孩子的世界"　_130

"儿童有一百种语言，他们用这一百种语言去发现并表达世界"　_138

"学校应该是孩子从家庭出来后另一个值得信任的地方"　_146

自由，是人类飞翔的翅膀　_153

Part 3
三访丹麦

重返丹麦北菲茵民众学院　_167

"和学生一起建设学校"　_174

"对儿童来说，通过玩耍的方式来学是真正有效的学习"　_187

让所有家长都有选择的权利　_198

"让所有人都成为积极公民，尽自己的能力为社会作贡献"　_205

"自由是我们民族的基因，这来自我们每一个人的自我认同"　_216

在拉尔斯夫妇家做客　_223

"将人民的意愿作为民主的主要组成部分"　_228

"人类毕竟是 ChatGPT 的主人，而不是工具的奴隶"　_242

丹麦教育究竟可不可以学？　_250

在斯莱特学校遇见老朋友　_256

中国教育有哪些可以供丹麦学习的？　_266

致　谢　_275

再版序

中国教育
依然应该"面向世界"

　　五年前,我先后在春天和秋天两次赴丹麦考察教育,所思所感凝结成一本《教育的 100 种语言》。没想到,这本薄薄的小书还颇受一线教师欢迎。在此,我先对本书的所有读者表示感谢!

　　本书受欢迎,其实并非因为这本书本身写得有多么好,而是书中的内容,向平时很难走出国门的一线老师打开了一扇眺望北欧教育的窗口。作为世界上幸福指数最高的国家之一,丹麦的教育自有其独到之处。扎根华夏、走向世界的中国教育,自然应该关注一下远方的教育。

　　今年 5 月 9 日,我第三次赴丹麦。这次是参加中国教育三十人论坛与丹麦终身学习计划协会联合举办的第四届中丹教育论坛,担任论坛中方主席。为了更详细地了解丹麦教育,特别是基础教育,我特意提前了一周去。在朋友的陪伴下,又考察了一些学校,自然又有了一些新的见闻和感悟。于是,便有了这本《教育的 100 种可能》修订本。

　　每次说到向国外教育学习,总有一些朋友拿"自信"说事儿:"中国有中国的国情,干吗要向西方学习呢?"

　　关于应不应该向其他国家的教育学习,我在本书中有多次阐述。这里再强调一遍我的观点。

的确，由于国情特点和文化传统的差异，包括丹麦教育在内的国外教育，有许多是中国不能学的，即使想学也学不会。但是，教育总有一些是相通的，因为人性是共通的。落实在教育上，尽可能尊重孩子，给孩子以心灵的自由，尽量不要强迫孩子，不要束缚他们的想象力和创造性，应该说，这点丹麦做得比中国好，而在这方面中国可以以自己的方式做到。

我们学习别人的目的正是为了强大自己。目前中国正在加大力度"减负"，就是想尽量将陶行知当年所大声疾呼的"六大解放"变成现实。应该说中国教育也在积极变化，而且进步明显。这也是事实。我们国家近30年推行的素质教育，其核心就是让孩子们越来越富有创造性。

今年，刚好是邓小平同志"教育要面向现代化，面向世界，面向未来"的题词40周年。1983年10月1日，当小平同志写下"三个面向"的题词时，他正是以一个中国人的眼光，为自己国家的教育指出改革的方向，这"三个面向"是希望中国的教育走在时代与世界的前列，希望中国文化吸纳人类文明的共同成果，为中华民族腾飞提供强大动力。

中国教育者放眼世界，向一切先进理念和经验学习的意义正在于此。

这次增加的内容，保留了原来的体例，依然采用日记体，并为每一则日记拟了一个标题，以方便读者阅读。同时，依然配了一些图片，这些图片大多是我拍的。但愿能够增加本书的情趣。

最后，我要特别感谢为我第三次丹麦之行提供支持的中国教育三十人论坛，感谢丹麦北菲茵民众学院前院长摩根先生，感谢丹麦终身学习计划协会秘书长丽萨女士，感谢在丹麦一直陪伴着我并提供各种帮助（包括为我这本书稿做学术校对）的郭斌老师，感谢和我一同出席第四届中丹教育论坛的肖诗坚老师、钟磬老师、大车老师、姜跃平老师、郭文红老师、王灿烂老师！

中国教育的振兴，是中华民族复兴的重要条件之一。任重道远，我们一起努力！

2023年10月18日

自 序
原来丹麦不仅仅有安徒生

2018年3月的丹麦之行，对我来说是一个意外的惊喜。

1月份，一位名叫董瑞祥的先生跟我联系，说邀请我去丹麦考察教育。我当时没反应过来，因为我和这位董先生素不相识。经过进一步沟通，我才知道董先生是一名学者，很令人尊敬。

他原来是中学教师，后来辞职经商，又在联合国工作过，还曾担任过21世纪教育研究院的执行院长，一直情寄教育。留学丹麦期间，他对丹麦的教育很是赞赏，决定尝试将丹麦的教育理念和模式引进中国，结合中国国情予以创造性转换和运用。

经过一番努力，他与丹麦北菲茵民众学院谈妥了合作，建立了丹麦安徒生国际幼儿师范学院（简称"安幼"）以培训中国幼儿教师，北菲茵民众学院负责提供校舍和教师，董先生负责招生，老牛基金会提供资金赞助。也就是说，参加培训的幼儿教师以及相关的考察人员全部免费，他们在丹麦的所有费用（培训费、吃住行等费用）都由老牛基金会提供。

应该说，董先生做了一件非常有意义的事。他招收的每期培训学员都是来自一线的普通教师；除此之外，每期他都要邀请一两位教育专家同赴丹麦考察。我就是承蒙错爱，被他作为所谓"教育专家"而邀请去考察的。

于是，我便"混迹"于这个团队，有了这么一次幸运的丹麦之行。

2018年3月，我随"丹麦安徒生国际幼儿师范学院培训项目"第二期学员，在丹麦待了两周。我和全国各地招来的老师们（主要是幼儿园老师）一起听课，授课者大多是丹麦的大学教授和幼儿教育工作者，我们还走访了几所幼儿园，这让我们对丹麦的幼儿教育有了比较系统的了解。但教授们给我们讲的远不止教育，还从历史、政治、经济、社会等方面给我们讲丹麦文化，让我们了解并理解丹麦幼儿教育所产生的"气候"和"土壤"。

但对我来说，有些遗憾，毕竟我是搞中学教育的，还想了解一下丹麦的中学教育，乃至高等师范教育。于是，2018年10月，我随"安幼"第五期学员再赴丹麦，这次我是自费考察。第二次在丹麦的两周时间里，我重点考察了他们的中小学（对丹麦来说，就是"学校"，因为他们的小学和初中是一体化的），也看了他们的高中教育，包括高中阶段的一些特殊学校，还和丹麦一些高等师范学院的教师进行了座谈，了解了他们的师范教育。

没去丹麦之前，我对这个遥远国家的唯一印象就是安徒生。去了两次，我才感到丹麦的骄傲不只是童话作家安徒生，还有教育家格隆维、哲学家克尔凯郭尔——这三位大师首先都是思想家。这个人口573万（2016年）、国土面积4.3万平方公里（比中国台湾大一点）的国家，却曾经是欧洲强国之一。世界上第一面国旗便是1219年诞生的丹麦国旗，被称为"丹麦人的力量"。丹麦于1950年5月11日与中华人民共和国建立外交关系，是第二个与新中国建交的西方国家（第一个是瑞典）。丹麦是世界上最清廉的国家，清廉指数位居世界首位，幸福指数长期排名世界前三，2019年是第二位（中国是第93位）。500多万人口的丹麦有13位诺贝尔奖得主，以"人均"计为世界第一。丹麦为人类贡献了不少著名科学家，如量子力学的奠基人尼尔斯·玻尔，电流磁效应的发现者奥斯特，世界上第一个发现并测定光速的奥勒·罗默，世界上第一台磁性录音机的发明者波尔森，发现原子核结构理论的本·莫特森，等等。玻尔创办的理论物理研究所，使哥本哈根成为世界物理学研究的圣地。现在风靡世界的以问题为导向的 PBL（Problem-based Learning）教学模式，居然是 70 年代在丹麦的奥尔堡大学形成的，由联合国教科文组织命名为"奥尔堡方法"并向全世界推广……

这一切的背后显然有着教育的力量。自由、平等、民主、个性、开放……这是丹麦教育给我留下的深刻印象。我当然知道，丹麦的国情与中国不同，丹麦教育的做法不可能简单地生搬硬套到中国的土壤上，但人类总有一些根本的共同价值认同——对自由的渴望，对创造的呼唤，对文明的追求，对幸福的向往……不然，我们就难以理解 2013 年 6 月 7 日习近平主席在会见时任美国总统奥巴马时说的这番话："中国梦要实现国家富强、民族复兴、人民幸福，是和平、发展、合作、共赢的梦，与包括美国梦在内的世界各国人民的美好梦想相通。"

1983 年，邓小平同志为北京景山学校写下了"教育要面向现代化，面向世界，面向未来"的题词。是的，我们当然要"立足中国国情，扎根中国大地"办教育，但同时还应该继续"面向世界"。这是我们应有的自信，教育的自信。

感谢老牛基金会给了我一双看丹麦的眼睛，感谢丹麦安徒生国际幼儿教育师范学院董瑞祥先生带着我踏上了丹麦的土地。这两次丹麦学习和考察的见闻、感受，我都以日记的形式记录下来，并及时发布在我的微信公众号"镇西茶馆"上。我将约十万字的"丹麦日记"作了进一步的整理和修改，便成了这本《教育的 100 种语言》。

需要特别说明的是，本书保留了日记体的文字形式，将比较长的日记适当划分为两部分或三部分，同时为每一则日记（每一部分）都拟了一个标题，以方便读者阅读。在从日记到著作的整理过程中，我自然删除了不少比较个人化的琐碎的生活记录，但我特别原汁原味地呈现了每一节课的课堂笔记——我打字特别快，因而基本上能够做到同步记录，还展示了参观考察学校的所见所闻；除此之外，我还特意保留了日记中不多的有关丹麦社会和自然景物的记叙和描绘。我试图让读者通过我的眼睛，看到的不仅仅是丹麦的教育，还有丹麦布满彩云的天空、野花盛开的原野、一望无尽的森林、浩渺无边的大海、欢腾跳跃的旭日、滴血沉沦的夕阳……

但愿这部图文并茂的小书，能够给您带来与读我以往著作不同的美好感受。

谢谢您，亲爱的读者！

2019 年 5 月 2 日

Part 1

初访丹麦

朦朦胧胧，我就这样走进了童话王国

2018年3月11日 星期日 阴

经过十多个小时的飞行，我们抵达了哥本哈根机场，开始了童话王国丹麦之行。

出了机场不久，我们的大巴便穿行于哥本哈根市区。虽然是首都，但完全没有我们想象中的国际大都市那般豪华气派。建筑古老，街道狭窄，行人稀少……说实话，在中国随便找一个小县城，都比这个首都更具现代气息，但我们却从这座城市的朴素、整洁、宁静，感受到许多中国小县城没有的那种古典厚重的历史文化氛围。

车驶过哥本哈根港口长堤公园，我们特意下车来到海边，一尊美丽的美人鱼雕像静静地矗立在一块巨大的礁石上。那就是著名的"海的女儿"，是安徒生为这个世界创作的一个童话人物。铜像与人体大小相似，其下肢为鱼尾形，上体为一形象逼真的少女，神情宁静，面容羞怯，一双饱含忧郁的眼睛，望着远方，似乎是在等待着心中的王子。

车继续前行，向北菲茵市进发。由安徒生我想起了1997年1月1日的《中国青年报》上发表了我的一篇文章——《安徒生帮我"破案"》。文章写的是，当时我班上发生失窃事件，刚好我的语文课要给学生讲安徒生童话《皇帝的新装》，于是我在课堂上巧妙地引导孩子们思考并讨论关于"童心"的话题。第二天，失窃的东西居然出现在了我的办公桌上。很显然，是昨天的语文课让犯错误的孩子深受教育，他主动改正了错误。

20多年后，我在丹麦的大巴上给老师们讲起这个教育故事，我说：

"正是安徒生赋予我教育智慧。"

阴天,还有浓雾。车在公路上行驶,周围的原野和森林都在雾中显得朦朦胧胧,时不时掠过一幢幢红色、黄色、黑色的房舍,在雾中若隐若现,显出几分神秘。我们更觉得进入了童话世界……

晚上,抵达北菲茵民众学院,"安幼"也位于此。说是"学院",但一点没有我们想象中的校园味道,倒像是在乡下,完全没有围墙。夜幕加浓雾,我们隐约可见几幢童话风格的房屋,其中有一幢就是我们的宿舍。

董老师给我安排的67号房间,是去年日本皇太子德仁亲王住过的。那算是"王宫"了。可"王宫"也不过如此:两张单人床,一张写字台,加一个卫生间,便是"王宫"的全部"家当"。

由于时差的原因,很困,关灯躺在软软的床上,万籁俱寂。迷迷糊糊中,我在想,小美人鱼、小伊达、小鸭、拇指姑娘、夜莺……会不会进入我的梦乡呢?

"我心里依然住着一个孩子"

2018年3月12日 星期一 阴

因为时差,凌晨两点多就醒了。干脆起来做事,先修改了《田哥外传》和《田哥内传》,又读了几十页《倒转"红轮"——俄国知识分子的心路回溯》,接着在屋内走路五公里,然后洗澡,洗衣服。感觉做了不少事。

7点多,打开窗户,天已大亮。走出宿舍,四下浓雾弥漫,田野、房屋、篱笆、小路……隐隐约约,神秘莫测。周围一片寂静,唯有鸟鸣。

吃完早餐,9点整我们乘大巴前往欧登塞市,这是丹麦第三大城市,是丹麦第二大岛菲英岛的首府,也是安徒生的故乡。

上午,我们来到安徒生研究中心。研究中心外面,是一条小河,河水静静地流淌着。翻译郭斌老师指着河岸的石阶说:"那是安徒生母亲经常来洗衣服的地方。安徒生家境贫困,母亲很勤劳。"

顿时,这条普通而陌生的河在我眼中变得亲切起来。

　　安徒生研究中心坐落在一幢古老的红色老房子里，即 Odense Adelige Jomfrukloster。研究中心的负责人告诉我们，这座建筑是这一片街区最古老的建筑，有非常多故事。16 世纪初它就建起来了。16 世纪中期归当时的国王所有，皇家住了很多年。之后，国王又给不少贵族家庭居住；经过历史的演变，这里渐渐地成了专门给未婚女性进行教育的场所，这是 18 世纪初期。从那时起，这里就成了一个具有教育功能的场所，并且其教育功能一直保持到 1970 年。安徒生曾经来过这里，拜访这里的女生。后来这座建筑归欧登塞市政府所有。2007 年市政府又卖给了一家房地产公司，该公司花了好几百万重新装修。现在南丹麦大学将这座建筑买下来，专门给安徒生研究中心使用。

　　负责人是一位有学者气质的女性——Anne Klara 副教授。她说，安徒生研究中心这个机构成立于 1980 年。在前 30 年里，他们主要是围绕安徒生的作品本身进行研究。2012 年开始扩大研究范围，现在的研究在三个方面扩展：文学、文化和教育。

　　她进一步介绍说，安徒生研究中心这个团队主要是做文学研究，即对安徒生作品本身进行研究，包括安徒生不同的作品或不同的章节在世界不

同国家的解读等。从文化方面研究，主要是从理论与实践结合方面进行研究。比如不同的国家如何看待安徒生，如何接受安徒生，安徒生对俄罗斯意味着什么，安徒生在中国有什么影响，对于不同文化安徒生的价值体现在什么方面，将来还有怎样不同的角度发现安徒生作品新的价值，等等。关于教育方面的研究，就是研究怎么让尽量多的人因安徒生而受益，通过交流而传播出去等。

第二位和我们作分享的，是一位做了 26 年校长的学者——Jens Thodberg Bertelsen。他说，他退休前安徒生基金会就希望他来这里工作，他自己也想把安徒生在教育方面的意义挖掘出来。

他介绍了有关安徒生的教学，主要体现在三个方面：安徒生作品的教学，有关安徒生的生活、工作及同时代生活的教学，与安徒生价值观相关的教学。他说，可以在安徒生作品里研究他的故事和教育的关系，可以在教育里讲安徒生作品和教育的联系。最有价值的是把安徒生和教育联系在一起。

如何将二者有机结合呢？他以安徒生的童话故事《笨蛋汉斯》为例：

两个哥哥很聪明，弟弟不聪明但很机灵，最后获得公主的芳心。这是为什么？因为弟弟没有受过正规的教育，也没做过官，思想没有被束缚，所以他拥有想象力和创造力，他可以在大家认为一文不值的地方发现闪光的价值。所以，要让孩子掌握富有创造力、想象力的技能。这就是这个童话故事的价值：打破常规模式，面对不同世界，幻想与创造力，寻求超越自我，以小见大……

他向我们展示了讲课提纲——

我们的教育目的，是要发展增强学生的生存能力——学生的能力（学生能做什么——学生拥有能力），学生的知识（学生知道什么——学生有常规教养），学生的生活（学生是可以独处也可以和他人共处的人——学生有教养），学生的意识（分析和解释），学生的思想（理解、想象力和整体的能力），学生的判断力和决策能力（考核能力），学生的智慧（求知的能力和欲望）……

他说："在中国，安徒生童话更多的是低龄孩子在读，而在丹麦安徒生则陪伴人的一生。因为安徒生不是只对孩子有意义，而是对所有人都有意义。因为他的作品与人生相关，绝对不只是针对孩子。我今年69岁了，但我心里依然住着一个孩子。"

听到这里，我心里一震。在中国，因为小学和初中教材里有安徒生童话，学生会读，除此之外，还有多少人会读安徒生呢？在今天的中国，随便一个电子游戏或一篇网络小说，都可能"秒杀"安徒生。当然，这也不仅仅是安徒生在中国的遭遇，甚至也不仅仅是童话的遭遇，而是整个文学的遭遇。

教授说，他的心里依然住着一个孩子。这真让我感动！他的意思是他一直有一颗童心，而没有童心就没有教育。我不知道在中国是不是每一位教育者都童心犹存，我知道的是，离开了童心谈教育，无异于缘木求鱼。

下午，我们参观两所幼儿园——魔笛幼儿园和蓝色星球幼儿园。

如果要论硬件，这两所幼儿园远远比不上中国许多城市的幼儿园，看上去简直不起眼，朴素得有些简陋，但走进去后会感到，幼儿园处处站在儿童的角度提供服务，真正把儿童放在至高无上的位置。这让我们感动和感慨。不是说中国的幼儿园就没有以孩子为本的理念，相反，这些理念经常醒目地出现在许多幼儿园的墙上，但在实践中，中国不少（不是"所有"）幼儿园更多的时候还是整齐划一，更多地考虑如何"管理方便"。

丹麦的幼儿教育没有统一课程，但有共同的六大发展目标：语言、科学、社交能力、自然、个人能力、身体健康……至于具体的课程，完全由各幼儿园决定或选定。因为是安徒生的故乡，所以这里的幼儿园往往用安徒生的故事搞活动，让孩子们在童话中成长。其中，最重要的是玩！

相比中学教育，我对幼儿园教育显然不熟悉。所以这里不打算多谈理念，只记录我看到的几个细节——

细节一：这里的幼儿园都有很原生态的沙土，有树，有坑，有最质朴的大自然环境，孩子们在这里爬树、钻洞、挖坑、筑城堡……环境看上去"脏兮兮"的。

细节二：幼儿园各个房间门上的把手都很高，只有成人才能够到，而幼儿是不可能够到的。显然，只有心里处处装着孩子、想着孩子的人才会有这样的设计。

细节三：我们进幼儿园的时候，低龄的小宝宝都在婴儿床里睡觉，但婴儿床不是放在室内的，而是放在室外的。要知道外面多冷呀！当天的气温是零度，园内还有一些积雪。如果在中国，这些娇嫩的小宝宝怎么可能被放在户外呢？我们问幼儿园的老师："为什么要让孩子在户外睡觉？"回答很简单："外面空气新鲜，能听到鸟叫，这是最适合人类的自然生活。"

细节四：一位女教师半躺在墙角，身上和腿上趴着三四个孩子；不远处，另一位女教师正在逗一个小女孩，用双手把小女孩举得高高的，小女

孩咯咯咯直笑。我感觉就是一位母亲带着孩子在玩儿。负责人告诉我们，幼儿园老师的主要任务，就是带着孩子玩儿！没有什么"早期智力开发"课程，更没有提前教孩子计算、识字。

细节五：一个小女孩拿着小铲子一直在围绕一堆沙子忙碌着，而其他孩子有的在奔跑，有的在骑车，有的在做其他游戏……

总之，我们看到的幼儿都是很散漫很自由地在玩儿，没有统一的上课

或活动。幼儿园的负责人 Marianne Barthelemy 说，孩子不可以也不应该绝对统一管理。这个孩子需要的，就是我们应该给他的。作为教师，要不断把自己当作孩子，要不断地揣摩孩子需要什么。这个"不断"是无止境的。所以他们的孩子随心所欲，没有说一定要服从什么。想想中国的幼儿园，这样的场景是很常见的——小朋友们排着整齐的队伍，在老师的带领下去做统一的游戏，连睡午觉都必须同时睡下同时起床，甚至有时候鼓掌都是统一的节奏……这在丹麦老师看来，是不可思议的，因为每个孩子都不一样啊！为什么一切都要"整齐划一"呢？我们团队的郭纯洁老师很有感触地说："我儿子小时候上幼儿园，我跟老师说：'这孩子不习惯睡午觉，能不能不睡午觉？'老师们听后很生气地说：'不行！哪有这么不听话的孩子？'"

……

实事求是地说，中国的幼儿教育也并非一无是处，至少我认识的不少幼儿教师在这方面也进行了改革与探索，现在中国许多幼儿园也很注重"儿童本位"，比起过去已经有很大进步了。可和丹麦幼儿园相比做得还很不够。但愿中国幼儿教育的进步不可逆转，而且步子越来越大，最终让幼儿成为幼儿园的"上帝"。

傍晚，乘坐大巴返回学院。天地之间依然雾蒙蒙的，所有的景物都如一幅幅水墨画在窗外次第展开。尤其是那一棵棵没有一片叶子的大树，网状的枯枝曲折苍劲，在布满灰云的天空上，写下对蓝天和阳光的呼唤。

"在丹麦，
老师站在讲台上
不代表他就是权威"

2018年3月13日 星期二 阴

Part 1 初访丹麦

早晨如昨，3 点过就醒了。读书、写作、室内走路六公里……

今天全天都在安徒生国际幼儿教育师范学院上课。坐在教室里，看着教授眉飞色舞地讲课，好像回到了学生时代。

上午，给我们讲课的 Lars Hoby 教授，曾任丹麦文化部部长助理。他今天给我们讲课的主题是：丹麦文化、民主进程和福利的状况。

他先用中文说："你好！"然后通过翻译讲课。他说："在丹麦，老师站在讲台上不代表他就是权威，你们中途可以打断讲课，并质疑老师，这就是丹麦文化。"他说他在南丹麦大学做教师和管理多年，曾在欧登塞市政府做文化顾问，1990年开始做民众学校的老师，2006 年开始在丹麦文化部工作。"现在我退休了。所以我是作为一名丹麦公民来说话。"

说实话，这种授课的开头方式，让我们中国人感到很陌生，同时也很吸引人。

然后他又开始跟我们聊天，说他退休之后，就开始到世界各地旅游，2004年和2005年去过两次中国。在中国待了两个月。印象深刻的是，中国非常美丽，并拥有多层次的丰富的文化，中国人热情好客。

他特别提到："我在中国享受到许多友好，我想报答。"他说他参观过中国的学校，发现中丹两个国家有许多可以相互学习的地方，比如在教育方面，丹麦可以学习中国教学的严谨，而中国的教育应该给学生更多的空间，让他们去创造和合作。

他又说，中国和丹麦还有一个领域可以学习交流，就是福利方面。在丹麦，家庭的每一个成员都有责任感，但他们不必亲自操心照顾老人，因为他们有完整的福利体系；而中国的老人主要靠国家的福利机构，如果子女和父母住得很远，那么老人需要一个机构来照顾。

我觉得关于养老福利，他说得不太准确。其实在中国，人们传统的观念并不是把老人送到养老院，而是儿女自己照顾。当然，现在越来越多的中国人接受了把老人送到专门的养老机构。

说到丹麦的文化，他说丹麦很小，只有570多万人口。整个国家没有高山，非常平坦，最高的山海拔才147米。丹麦是从海盗文化开始的。他给我们展示了一张巨石的图片——耶林石，说这两块石头是丹麦王国诞生的证明。当时是公元900多年，那是丹麦历史的开始。过去的1000年，基督教和君主合一并存，互相交融。而民主是从18世纪开始的。1994年，耶林石被联合国教科文组织列入世界文化遗产。

然后，他给我们讲丹麦的文化发展有两条线索：一条是上层文化朝下发展，另一条是大众文化朝上发展。他举了大量的例子，展示了许多图片，让我们走进丹麦的历史，一直走到今天。

讲到丹麦的民主文化，他提到了"民众学校"，也有翻译成"民众学院"或"民众高等学校"的，这是19世纪由农民建起来的，学校自我管理。这种学校的作用，是教给农民一些技能和通识教育，使其参与到民主进程中来。1849年，丹麦第一部民主宪法诞生。1900年，工人也开始建立自己的民众学校。慢慢地扩大到其他领域，都用民众学校这种形式发展民主。

我理解，丹麦的民众学校，其实就是民主启蒙教育的机构。但这种启蒙不仅仅是纯粹讲理念，还讲实践，包括生活技能。

在讲到丹麦教育时，他提到丹麦伟大的教育家格隆维，他是牧师、政治家、诗人、教育家和思想家。他特别注重普通人的人生经验，这是教育资源。同时，他强调师生平等，尤其是每个人的观点都是平等的。他认为在课堂中没有谁比谁更聪明，每个人都有自己独特的东西。

他讲到了流行文化向上的渗透和高层文化向下的辐射。他谈到媒体时说："在民主国家，私人空间很重要，不希望政府知道。比如丹麦最大的广播电视台，是国家资金支持的，但国家管理者和政治家不能干涉媒体的自由。"

他又谈到了安徒生，说安徒生是丹麦的骄傲。他的生命流程是从流行文化和高层文化的融合开始的。他童年听过很多老百姓的故事，他创造的故事与他的生活联系在一起，比如《丑小鸭》。安徒生的出生地，现在是博物馆。他家境贫寒，母亲是洗衣工，父亲是修鞋匠。安徒生14岁就去了哥本哈根，想成为艺术家，但他不知道做什么艺术家，当歌唱家或演员……最后他成了作家。

他骄傲地说："丹麦到处都有安徒生的雕像和元素，世界各地都有。全世界的人都知道安徒生。他激励了整个世界。"

他说："文化发展不应该受到来自政治方面的干预和指导，政府给钱就是了。文化是自由的。丹麦有一种自由的讨论文化，人们可以平等自由地探讨任何话题。2016年，丹麦文化部长发起了一场'丹麦价值观'的网上投票，超过32万丹麦网民参加评选，也有争论。最后十条核心价值观当选——自由、法律面前人人平等、男女平等、hygge、福利社会、信任、丹麦语、志愿义工、开明的思维、基督教。"

说到"hygge"时，他反复强调，这个词无法翻译，英语里也没有对应的词，其含义就是每一个丹麦人感到的舒服、幸福。我突然冒了一句："就是四川人说的'安逸'嘛！"翻译给他转述了之后，他点头表示赞同，并说："你们在丹麦一定会体会到hygge的！"

最后他说："丹麦也面临战争带来的难民问题，还面临世界共同的气候变暖、经济危机等问题，要解决这些问题，必须跨国界跨民族一起来解决。所有国家和民族都是平等的，应该推进全球合作化。我坚信，在21世纪，丹麦的民主会继续保有活力。"

"所有人的注意力都在考试上，教育就没意思了"

2018年3月13日 星期二 阴

下午，是院长摩根为我们上课。这是一位慈祥而具有学者气质的长者。

当然，所谓"长者"是对年轻人而言，对我来说，他只比我长一岁。因为他自我介绍第一句便说："我今年61岁，在这所学校当校长13年了。"

他围绕民众学校给我们讲了丹麦的民主教育。

下面是我的课堂记录——

民众学校的历史。1844年第一所民众学校在日德兰岛建立。那时75%的丹麦人是农民。1849年民主宪法诞生，规定只有35岁以上的男性公民才有投票权。这是民主的雏形。虽然给了35岁的男性公民选举权，但怎么选举？75%的农民没受过教育，他们不知道如何选举。基于这种需求，第一所民众学校便诞生了，目的是帮助这些不会任何社会交流的农

民行使他们的权利。

（对这段话我一直有一个疑问，1849年才有规定公民选举权的宪法，怎么1844年建立学校帮助公民选举了？但这个问题课后没来得及问。后来我请教了Lars Hoby教授。他针对这一问题，通过电子邮件回复：在1849年宪法诞生之前，丹麦社会的参与意愿越来越强烈。格隆维认为有必要通过教育来使民众有资格参与民主，主要接受这一想法的是农民。第一所丹麦民众学校于1844年，在宪法诞生之前成立。民众学校为宪法和丹麦民主的进一步发展铺平了道路。民众学校不仅是帮助农民知道如何投票的学校，也是培养他们的公民意识、民族认同和农业技能的学校。主要目的是普及教育或扩大启蒙，丹麦民众学校在辩论和转换其目标和方法方面，有着悠久的传统。）

丹麦六个月都是冬天，这些民众六个月都在学校学习如何做公民。学校第一次让他们知道了作为个人应有的权利，知道了"我是谁""我在社会上是什么身份"。只有知道了你的文化、你的语言，你才知道你是谁。

在民众学校，不只是教抽象的理念，还教语言、诗歌、数学、画图、生活技能……因为这个教育是理论和实践结合，所以要教农民一些技能，这些技能可以运用于生活中。农民最直接的受益，是他们变成了受过教育的农民。他们在学习，在提高。他们不会为学习而学习，必须学一些实用的东西。要让他们去学习，一定要提高他们的认知，找到他们学习的动力。在真正的学习之前，一定要激发他们的动力。光讲理论不行，要让他们学体育、音乐，激发兴趣，调动积极性。这是学习的准备。然后再进行第二步，教他们一些知识。就像0～6岁的孩子，让他们天天做游戏、唱歌，到了一定的年龄他们自然愿意去学习。

格隆维做了很多与这个社会有关的事。最早他是反对民主的，他觉得国家大事应该由国王作决定，民众懂什么。后来他的想法转变了，但他认为民主不是空谈，必须有一定的基础，有文化，有经验，有相关的思维模式，才能谈到民主。有一位叫 Hal Koch 的学者写了一本书《什么叫民主》，认为民主就是一种文化；民主不只是一种形式上的四年一次选举，更是要在家庭、学校、社会等生活中建立的一种思维模式，而这一定要从孩子开始。

1864年，丹麦在和德国的战争中失去了五分之一的国土。德国强大了。这给了丹麦一个启示：不能用武器去赢得别人，但要让自己的内心温暖，强大自己。在外面失去了领土，必须从里面赢回来。第一所民众学校后来移到了另一个地方，因为原来的那个地方被德国占领了。农民从民众学校毕业后，回到家里就琢磨如何使农业现代化。那时全球的农业也发展了，因为有铁路，可以把农产品运出去。所以农业的发展模式也变了。丹麦很多年都产玉米，产量高了，价格就下降了。农民面临着破产，这就逼着他们去革新思维，寻找新的发展方式。他们从民众学校毕业回去就开始合作，而不是一个人做。他们是自己主动这样做的，因为土地是自己的，不是国家的。有了合作，他们就实现了知识共享。

一个农民就有一张选票。无论是有一百头牛，还是十头牛，彼此都是平等的。这就建立了民主和平等。多长出来的玉米，就可以拿回去喂牛，有牛就有了奶。这就是新的思维模式。农民意识到了民众学校的重要性，因为需要新技术，就更渴求知识。他们觉得民众学校太重要了。这和中国的产业变革转型有点相像。产业升级需要更多的信息、知识、技术，需要更好的教育。

教育方式的革新，一开始就强调必须让人有想象力，不能再像过去一样。随着这种需求，民众学校也在发展，不是只教农民一些知识点，而是更加专业。不管怎样发展，格隆维的思想一直是基石。他主张尊重每个人，每个人都是他自己，教育是把人生点亮。

不只是老师给学生讲授，同时老师也在学习，大家互相学习。丹麦的教育是从最底层开始建立起来的。尊重每一个老百姓，尊重他们是谁，尊重他们自己的人生经验，基于这一点使他们通过对话去学习、提升。

摩根院长讲完后，他回答了一些提问。

有一位老师问："在民众学校如何认定老师的资格？"摩根院长回答道："对老师的资格，没有必要作一个正式的认定，学校是自由的，只要校长认为你合格，你就是合格的。没有写在墙上的标准。主要是看你的性格、经验、沟通能力。"

针对"如何考核学生"这个问题，他说："民众学校是没有考试的。学生来，我们会问他最感兴趣的是什么，根据他的兴趣去教育。一旦有考试，所有的焦点都在考试点上。所有人的注意力都在考试上，教育就没意思了，就失去意义了。"

"那如何评估老师的教学效果呢？"提问者追问。我一听就觉得这是一个典型的"中国式问题"，但摩根院长还是耐心地作出回答："在民众学校，学习结果的好坏，在课上的考试是看不出来的，而是在一年、两年后或更多年以后才显现出来。考试也好，激励也好，考试这个过程就已经把人分开了——把学生分为优生和差生。优生在考试上赢了这一次，他却可能失去了很多，从某种意义上看，他在人生路上已经失败了。大脑里装了很多知识不重要，重要的是对生活的信心和热爱。我们要培养的是人，而不是学者或知识掌握者。"

他说："我是校长，政府对我也没有任何考核，政府只看我的学校有没有人来读。只要有人来读，就说明我的学校办得很好。"

他又说："丹麦的小学是没有考试的！在丹麦，允许孩子不去学校上学，但必须接受教育，即家长承担教育责任，也可以几个家长合起来办家庭学校。国家鼓励社会办这样的学校，还补助72%办学经费。目前丹麦有四五百所这样的学校。"

他还解释了民众学校的生源特点。年轻人完成了初中或高中教育，觉得需要一年"课间休息"，需要学会与人交往、与社会交往，于是就到这里来学习；有人读书读得没自信心了，就来这里；还有很多人觉得在别的方面有了困惑，也来这里。总之，和最初的民众学校不同，现在民众学校的使命不再是民主启蒙，而是人生导航。许多年轻人遇到人生的困惑，或找不到自己，感到自卑，便到这里来，学校让他们很顺利地找到人生标识，找回自己，获得身份的认同。

我想到了中国的教育。这样的学校在中国是没有的，因为中国教育只管实实在在的知识和文凭，什么"人生标识"呀，"找回自己"呀，太玄乎了，太"不靠谱"了。但中国这样的学生不少，每年那么多孩子抑郁、轻生，足以说明这样的学校在中国存在的必要性。

我再次想到了摩根院长的话："大脑里装了很多知识不重要，重要的是对生活的信心和热爱。我们要培养的是人，而不是学者或知识掌握者。"如果每一位中国教师和家长都具备这样的理念，中国教育可能才算真正成功。

授课结束后，我和几位学员走出校园，来到原野里散步。据说丹麦每年大部分时候都是阴天，但没有阳光的原野依然美丽。大片大片的田野，如绿色的地毯潇洒地铺在大地上；田野边一排排整齐的大树，在灰色的苍穹下舒展着枯枝，如钢笔画一般素雅简洁。

走着走着，居然走进了一座古堡，哥特式的屋顶直刺天空。古堡的庭院内居然有一群漂亮的孔雀在悠闲地散步！我们惊喜地拿出手机拍照，它们不但不怯生，反而张开五颜六色的尾巴，阴暗的黄昏顿时明亮起来。

如果孩子受伤了，
家长会对老师说
"这是我孩子不小心发生的"

2018年3月14日 星期三 阴

Part 1 初访丹麦

今天上午给我们上课的是我们所在的北菲茵民众学院的创办人，他是一位日本学者，名叫千叶忠夫。他结合自己在丹麦生活的经历和感受，谈他眼中的丹麦。

千叶忠夫先说："我很小的时候，我爸爸告诉我，中国人能够造山，给我讲了愚公移山的故事。我觉得不可能。几十年过去了，现在中国已经是第二大经济体，'大山'造成了，这座山就是经济的奇迹。我非常尊重大家。中国和日本过去有一些矛盾，我没有经历那个时代，社会发展已经有了变化，我们需要接受新的事物，这对日本对中国都很重要。"

千叶忠夫第一次到丹麦是1967年，历程异常困难，不但旅途艰辛，而且刚到丹麦举目无亲，没有住的地方，也没有工作。他首先要养活自己，于是在农场找了一份工作，养了100多头猪。慢慢一步步在丹麦扎下了根，有了自己的事业，创办了学院。

千叶忠夫讲课的核心观点是，丹麦是世界上最幸福的国家，而幸福源于民主。在他看来，从表面看日本很民主，其实它的投票率只有53%；看起来人与人都是平等的，但日本比较偏重男性。而在丹麦，民主不仅仅体现在选举投票上，更体现在生活的方方面面，比如在学校，老师和学生可以自由交流，你甚至不知道谁是老师谁是学生。他说："丹麦人创造了自己的幸福！"靠什么创造幸福，就是民主、平等、自由。

他说，丹麦的孩子在学龄前很自由，什么也不用学，小学、初中是义务教育，很少考试。丹麦只有一半的中学毕业生升入高等学校，另一半读职业学校。一半的学生不上大学，不是因为他们"考不上"，在丹麦是没有高考的。这上大学的一半人，是他们自己的选择，是根据学生的兴趣；另一半人上职业学校，也是因为兴趣。

千叶忠夫强调说："中日韩三国的学生上大学是为了文凭，日本高中毕业生上大学的比率是98%，丹麦才一半，可日本人没有丹麦人幸福。丹麦的孩子高中毕业就知道自己需要什么，而不是非考大学不可。在丹麦上大学是免费的，上大学的人却不多。日本98%的人上大学，但能力并不强。我不是说上大学不对，而是说要根据每个人的情况自己去选择。日本许多家长认为，孩子要上大学，读本科、硕士、博士，才是好学生。在中国是不是这样的情况呢？日本上大学的人很多，但是不是有必要呢？"

这就涉及一个根本的价值观。北京师范大学的张燕教授插话说："在中国，人们普遍的观念是上大学才是有出息的，读职业学校就不光彩。"

千叶忠夫说，在丹麦没有这种观念，人与人之间都是平等的，这种平等意识深入人心，并体现在生活的方方面面。

他在丹麦，可以建立家庭托儿所，收五个孩子，国家还给经费补贴。这有点出乎我的想象，因为在中国是不允许私自办托儿所的。

他又谈到，丹麦的幼儿园特别注重孩子生存能力的训练与培养。他说："只有在用刀的过程中才知道刀是危险的。"意思是应该放手让孩子去尝试，去探索，去体验。他说，幼儿园应该教孩子生存能力，而不是计算啊，识字啊！在日本的幼儿园是不许种树爬树的，但在丹麦则是鼓励的。如果孩子受伤了，家长会对老师说"这是我孩子不小心发生的"。

听到这里，我大吃一惊，这在中国是不可思议的，因为中国人之间往往缺乏信任。千叶忠夫给我们讲了一件他亲身经历的事："我曾经在丹麦幼儿园工作，有一次一个孩子不小心把腿摔断了，家长却安慰我说：'这是孩子不小心，和你没关系，你别担心！'"

在丹麦的小学，语文、数学、英语、地理、生物等都要学习，但有的不测试，没有"通过"和"不通过"之说。"因为测试结果和学生无关，和老师有关，测试只是供老师发现问题的，根据测试中暴露的教学问题而改进教学。"他说。

说到PISA测试，他说："日本都比丹麦排位靠前，但为什么日本的幸福指数不如丹麦高？因为我们一直强迫孩子学，而学得好不一定幸福。"

丹麦的平等表现在很多方面。比如男女平等，丹麦的部长中，有40%是女性。丹麦的男人也要带孩子和做饭。大家觉得这很平常。

他给我们列了一个数据表，是丹麦税金的用途：行政管理费12%，警察防御费4%，教育费13%，保健医疗16%，文化、环境等4%，国民年金、休养、教育援助、住宅援助等44%，企业促进、运输、通讯7%。他说，税收用于政府管理机构运行的，只有12%，大部分税金都用于民生。

丹麦有许多免费福利，比如给老年人提供免费公寓，都很宽敞，有两室一厅，也有三室一厅，设备齐全。卫生间里面的设备也为老人考虑得特别周到细心。

丹麦人的平均工资有一半上税。注意，是"平均工资"，也就是说，高收入的人可能交的税占工资的70%，低收入的人可能交税就比较少。另外，在商店买东西得交25%的消费税。丹麦的高福利，都来自税收。

每一年丹麦都有慈善周，搞各种慈善募捐活动，社会各界纷纷捐款，支持慈善。2018年2月，一周之内就收到78868425克朗（约8000万人民币），捐款者有500万人，要知道丹麦全国人口才500多万，也就是说，几乎全国的人都捐款了。乐于做慈善，这就是丹麦人从小接受教育的结果。实际上，丹麦贫富差距不大，穷人很少，所以这些捐款所得在丹麦用不完，于是这笔钱便用来支援世界各地的贫穷者。

他谈了对丹麦"幸福"的理解："在丹麦，幸福来自社会福利，而社会福利又源于民主主义的国家，即主权在民，国家是属于每一个国民的，这个国家的理念则是自由、平等、博爱。注意，这里的'博爱'不是一般人认为的爱别人，而是互相关爱，彼此共生，是一种你我相融的连带关系。而这种博爱一直贯穿于丹麦从小到大教育的全过程。"

听到这里，我非常感动！

他对"平等"作了解释："在日本也讲平等，但这个平等是均衡的，实际上是平均；而丹麦的平等意味着互助性的平等，根据需要而予以帮助，差别化对待，对一些特别需要帮助的人给予更多的爱和关怀。这看起来'不平等'，但恰恰是真正的平等。"

最后，他总结道："丹麦，从摇篮到墓地都是福利。这个国家粮食自给自足，男女差距很小，女性就业率高，女性政治参与率高，腐败程度世界最低，能源可持续再生，是服务性的社会（志愿者很多，人人都为别人服务）……丹麦，是真正的民主主义国家！"

所有读过
安徒生童话的人，
都是他的孩子

下午，我们来到欧登塞，参观安徒生故居和安徒生博物馆。

安徒生故居位于欧登塞的一条小街上，是一座红瓦黄墙的平房。1805 年 4 月 2 日，安徒生便出生于这里一间仅有五六平方米的小屋子里。

其实，说这里是"安徒生故居"是不准确的，因为这并不是安徒生的家。解说员告诉我们，安徒生家里很穷，当时是其叔父借出了自己房子的一间小屋，让安徒生在这里出生。因此，准确地说，这里应该是"安徒生出生处"。

连孩子出生都要借房子用——这房子里当时住了 25 个人——可见安徒生一家当时多么贫困。我们十来个人站在安徒生出生的房间里，非常拥挤，难以侧身。可就在这昏暗狭窄的小小屋子里，却诞生了一位世界级的伟大作家。

离"安徒生出生处"的房子不远，是安徒生博物馆，这

是一座二层楼建筑，里面陈列着许多图片、手稿以及展示安徒生成长经历的实物。在讲解员的带领下细细看了每一件展品之后，安徒生伟大的一生逐渐在我眼前清晰起来。

安徒生出生在丹麦菲英岛欧登塞的贫民区，父亲是鞋匠，母亲是洗衣工。在安徒生11岁的时候，父亲便病逝了。安徒生从小就为贫困所折磨，先后在几家店铺里做学徒。但他很小便展示出了艺术想象的才能，并对舞台艺术产生兴趣，所以14岁便前往哥本哈根，幻想当一名艺术家，当时他完全不能确定自己能够当歌唱家或演员或剧作家，但他心中始终有着艺术创作的梦想。历经艰难曲折，他成了一名伟大的作家。

以前我只以为安徒生是一名童话作家，今天在博物馆，我才知道他具有多方面的才华：绘画、剪纸、摄影等。博物馆里有多幅安徒生的自画像。他不仅仅是童话作家，还写了大量诗歌、游记，创作了多部长篇小说、剧本，并且写了自传。当然，他最有影响的作品是童话。他一生中写了212部童话。

我还第一次知道了，安徒生喜欢旅游，曾经有九年时间不在丹麦，而在世界各地旅游。他也有自己心爱的姑娘，几次坠入情网，却始终得不到浪漫的爱情，终身未婚。1875年，安徒生因患癌症逝世于朋友的乡间别墅。

从安徒生博物馆出来，走在欧登塞的大街上，寒风凛冽，我忍不住瑟瑟发抖。但我的心里因装着安徒生而感到温暖。说实话，很久没有想到过安徒生了，而今天在这位伟大作家的故乡，我想到了以前读过的他的童话，似乎比过去更理解安徒生了——

安徒生是善良的。安徒生有一颗柔软而细腻的爱心，他来自底层劳动人民，有着劳动人民天然的淳朴的良知，因此他在精神上永远站在普通劳动者一边；他把全部情感都倾注到普通劳动者身上，赞美一切美好纯真的人物和情感。在《卖火柴的小女孩》中，我们看到他对弱者的无限同情；在《海的女儿》里，我们读到他歌颂美人鱼的美丽和善良，以及伟大的牺牲精神；在《拇指姑娘》的字里行间，散发着安徒生心灵的芬芳，这芬芳属于对自由光明的向往，属于一尘不染的纯真爱情，属于纯洁而高贵的心灵。安徒生没有自己的孩子，但他充满大爱的心里，装着全世界的孩子——所有读过安徒生童话的读者，都是他的孩子。

安徒生是向上的。《丑小鸭》几乎可以看作是安徒生的精神自传。丑小鸭受尽歧视，但依然顽强成长，最后成为美丽的白天鹅。这就是安徒生一生的写照。小时候的安徒生生活窘迫，11岁父亲病逝，他吃了许多苦，成名之前的他屡遭挫折，自卑感几乎伴随了他一生，但他从来没有放弃对美好生活的追求，没有放弃对艺术世界的创造。他以自己的勤奋与才华，为自己赢得了高贵的尊严与巨大的声誉。1867年，即安徒生62岁那一年，他被故乡欧登塞市授予"荣誉市民"称号，整个城市的市民为他庆祝，举着火把游行，最后聚集在市政厅广场，对着站在阳台上的安徒生欢呼。安徒生以自己的童话告诉世界：理想不灭，人生不败！

安徒生是正直的。因为爱，所以恨；因为追求真诚，所以憎恶虚伪。在《皇帝的新装》中，安徒生以大胆的夸张、辛辣的讽刺，毫不留情地抨击了封建统治者的虚伪、欺瞒、愚蠢与腐朽，无情地撕下了皇帝、大臣们的虚假的外衣，将其丑恶的灵魂暴露在光天化日之下。但安徒生的笔锋不仅仅是对准统治阶层的，同时也毫不客气地对着苟且奉承的愚昧民众。无论是为了"尊严"说假话（皇帝），还是为了利益说假话（大臣），或是为了苟且说假话（百姓），在安徒生这里都是必须鞭挞的对象，在鞭挞的同时，他讴歌了小男孩可贵的童心。这是安徒生的正直之处，也是他的深刻之处。

在今天的中国，许多儿童不读安徒生了，这是我们这个时代的悲哀。但是我坚信安徒生的不朽。只要人类一天不放弃对真善美的追求，安徒生的童话就有着永恒的生命，散发出永远的光芒。

"丹麦是一个女权社会，女性在社会上地位很高"

2018年3月16日 星期五 晴转阴

Part 1 初访丹麦

早晨起来出门一看，哇，居然有蓝天，虽然这蓝天不过是灰色苍穹上的一小块，但正因为只有一小块，才显得格外夺目。不一会儿，那个蓝色的窟窿里居然斜斜地泻出一抹阳光！这是我们到丹麦一周来第一次看到阳光呢！

不一会儿，蓝天逐渐扩大，虽然大片的阴云依然布满了天空，但阳光冲破厚厚的云层，正一点点地将阴云驱散，于是我的眼前出现了这样一幅画面：近处脚下，是低矮的枯草，枯草前方，是大片披着薄薄绿茵的土地，好似绿色的湖面，

"湖对岸"点缀着稀稀落落的农舍，农舍的周围是小树林，高低错落的树梢，在原野与天空的连接处勾勒出黑色剪影。往上看，染上阳光的云团在缓缓移动……

大家都在欢呼："终于出太阳了！"

但很遗憾，我们吃完早饭去教室的时候，天又阴下来了。

今天给我们上课的老师叫 Johannes Dragsbaek Schmidt，他是丹麦奥尔堡大学的教授，还有着"欧盟顾问"之类的一些头衔。据安徒生国际幼儿师范学院创始人董老师介绍，他在丹麦是一位比较活跃的学者，经常上电视做一些时事评论类的节目。

他用中文问了"你好"后，便说他第一次到中国是 1982 年，他是第一个促进丹麦奥尔堡大学和中国人民大学建立合作关系的牵线人。他去过中国许多地方：北京、成都、上海、西安、北戴河、山海关、兰州、嘉峪关、敦煌……特别喜欢中国。

他说自己年轻时在幼儿园当过老师，在全世界很多地方都做过和孩子有关的事。

他讲的话题范围很广，从中丹文化的角度比较两国的幼儿教育。不知是因为他的"学院派"教授风格，还是由于翻译的原因，他的笔记很不好记。不过，我还是断断续续地记录了他的一些观点：

就文化观念而言，丹麦男性比较保守，女性更希望变化，希望获取更多的权利。丹麦是一个女权社会，女性在社会上地位很高。许多男子在家做家务带孩子，而妻子出去从政经商抛头露面的比比皆是。

丹麦女性就业率是全球最高的。18～60岁的女性中，97%都在工作，其中30%是全职，她们很享受工作带来的乐趣。在丹麦文化中，没有祖父母照顾孩子的说法。因为70岁以前祖父母也在工作。

他知道独生子女制度在中国实行多年后，中国政府看到了社会老龄化带来的问题，所以现在中国有了"二孩政策"，并且，随着经济的发展，中国政府也开始重视幼儿教育了，这是社会进步的一个表征。高质量的幼儿教育，会为儿童将来的人生幸福和社会和谐奠定基础。

他说"教书匠"和"教育家"是不同的。教书匠是按自己的想法去教孩子，如同泥塑一般，并没有把孩子当成有灵性的独立的人；而教育家是把孩子看成有思想的独立的人，尊重并引领他成为独具个性的人，教育家懂得把孩子当作孩子，懂得与孩子进行思想的交流。

他强调，幼儿教育应该基于一个原则：尊重儿童，把儿童当作大写的人来尊重。

从孩子一出生，家长和幼儿园老师就应该有这样的意识：让孩子成为他自己，不要去灌输所谓的知识，这样的知识是死的；要去引导孩子找到自己的兴趣，自己去发现知识，这样的知识才是有价值的。非教不可的内容，也要用玩的方式去教。比如算数"2+2"不是在教室里让孩子死记硬背，而是老师在游戏中不经意地说"2+2=4"，多玩几次这样的游戏，孩子们就轻松地知道了许多数学常识。这是丹麦人教孩子学算数的一个简单例子。

再比如，中国孩子画画，力求画得标准。因为老师就在教他们画画的技巧，而不是让他们从中找到画画的兴趣，并按照自己的意愿画出自己心目中不同的形象。中国孩子画的不是孩子心里的画，因为他们被告知鼻子必须这样画，眼睛不能那样画，条条框框限制了孩子的思维，他们画出来的都是同一种审美观下的画面。这和中国传统文化、家庭以及幼儿园教育方式有关，这种教育方式往往不是以孩子为中心，而是以老师为中心、以家长为中心、以社会为中心，培养出来的都是整齐划一的人，他们有了共性，却少了个性。而个性是产生创造力的关键因素。

另外，他还发现一些中国孩子被过度娇惯，而相对富裕的丹麦孩子更能吃苦，更有冒险精神。他认为这可能也是影响中国孩子创造力的一个因素。中国家庭的辈分关系比较严肃，强调顺从和忠诚，也可能是阻碍儿童创造力发展的一个因素。

有学者归纳中国教育模式的演进是：1903—1919 年，日本模式；1919—1949 年，美国模式；1949—1978 年，苏联模式（集体主义，学科划分，从上到下的灌输）；1978—2006 年，姑且叫"西方模式"；2006 年至今，中国模式。中国在力图成为一个创新型国家，而影响创造力的，往往是在幼儿阶段孩子们养成了什么样的思维习惯和行为习惯。

像丹麦一样，正处于变化之中的中国女性更期待独立，更期待变化。这些都会反映到教育上，反映到早期教育上，这会带来一个好的结果，减少性别歧视。

Johannes 知道目前中国教育不均衡与贫富差距有关。留守儿童跟着祖父母生活，教育断代了，这种家庭教育的缺陷，会导致这些儿童的人生幸福指数降低，还会在未来产生较大的社会问题，也许他们会成为影响社会和谐的因素。

邓小平同志说让一部分人先富起来。现在中产阶级在物质上富起来了，但他们需要更多幸福感，需要给孩子更多的优质早期教育。他们最大的焦虑，在医疗保健方面，在孩子的教育方面。而在丹麦，阶层划分不明显，所有阶层的人，都不会有这两方面的担忧。

丹麦人害怕过度强调安全而束缚儿童手脚，影响他们的创造力

2018年3月16日 星期五 晴转阴

　　Johannes 教授说，丹麦幼儿园不属于教育体系，而属于社会福利部门。丹麦日托中心收 0～3 岁的孩子，在日托中心，儿童可以按照自己的想法去创造自己的生活，这里没有课程，就是玩。幼儿园的儿童是处在 2～6 岁间，幼儿园和小学也没有关系，其组织方式也和学校不一样。幼儿园是以游戏为中心，丹麦的中小学也都没有升学考试一说。

　　在幼儿园，孩子自由地玩，没人规定他们应该怎么玩。所有幼儿老师都是蹲下来和孩子说话。当然，这并不是说，自由意味着他们想干什么都行。很多活动是老师来组织的，比如一块儿烧饭，一起到森林里旅行。老师也鼓励孩子们自己去创造游戏，只要在一定的安全范围内即可，丹麦人害怕过度强调安全而束缚儿童手脚，影响他们的创造力。丹麦幼儿园里没有特别固定的学科，但游戏活动里却包含了许多知识。丹麦幼儿园是孩子们的社交场所，跨不同年

龄阶段的孩子们在一起游戏，就有了许多价值点，比如，大孩子带小孩子玩，就培养了大孩子的责任心，小孩子和大孩子在一起，就有了一种依赖感和信任感，这对于创建和谐社会，就起到了春雨润物细无声的作用。

此外，丹麦幼儿园还有很多活动，如孩子可能会自己编一个小剧，请家长和老师来看。在这样的过程中，孩子们会自己设计玩什么，怎么玩，和谁一起玩，等等。在玩的过程中，他们的身体素质好了，各种能力也都增强了。

丹麦的幼儿师范教育为三年半，有半年实习。上师范有门槛，但不是考试，而是看你有没有幼儿教育的经验，以及是否有从事幼儿教育的热情。丹麦上大学没有高考一说，但要看你的中学成绩记录，以及你写的上大学的申请书和社会实践记录等，从中找出你的潜质所在。

Johannes强调：教育要远离体罚，用更民主的方式来解决分歧和冲突，培养孩子自己作决定的能力，这么做就奠定了丹麦民主的基础。

他还说安徒生不只是对儿童有影响，对整个丹麦社会都有影响。他的童话故事是社会现实的反映，能够引导人们克服困难，勇敢地往前走。

说实话，我认为Johannes讲授的课并不精彩，因为他并没有给我提供太多新的理念，什么"尊重孩子""让孩子成为他自己"等，都是众所周知的教育理念。但他给我们介绍了这些理念在丹麦是如何践行的，更重要的是我能够感受到他的善良真诚和对儿童的爱，这折射出了大多数丹麦人的修养。

他讲到了在中国经历的一件事：一天下午，他和家人在青海公路旁的一个家庭饭店里吃饭，当时饭店里只有他们一家人和董老师的朋友在用餐。一个患唐氏综合征的孩子从后面的厨房蹒跚着走到了餐厅里，这个孩子看起来很邋遢，一副病态。孩子的父亲担心这会影响顾客的食欲，于是，就大声呵斥孩子回到后厨。Johannes看到了这一幕，便对其父亲说，这样对孩子不好，还是让他出来吧，多和人接触，有利于他的心理健康。

董老师讲了一件他亲身经历的事，补充说明 Johannes 的善良。2002 年的时候，有十几名中国学生通过中介来到丹麦奥尔堡大学，在 Johannes 任系主任的那个系学习。后来他发现其中大部分学生根本听不懂课，原来是中介帮他们集体作假。遇到这种情况，学校完全可以开除学生，把他们退回中国，在美国和欧洲许多国家遇到这种事都是这样处理的，但 Johannes 想到这些学生回到中国会很尴尬很艰难，便决定保留他们的学籍一年，让他们先去学英语，一年后语言过关了再来学习。一年后，有几名学生回来复学了，另外一些学生也找到了新的出路。

讲完这件事，董老师感慨道："Johannes 在印度一个慈善机构工作的时候，因重病被获得诺贝尔和平奖的修女特蕾莎救治过，慈悲的种子种进了他的心里。后来，他在联合国教科文组织工作过，拥有许多丰富的人生经历。我尊敬 Johannes 教授，不只是因为他的学问与阅历，更是因为他的为人。从他身上，我看到了丹麦人的善良，也因此对丹麦人产生了极大的尊敬！"

我们都情不自禁地鼓掌，为 Johannes 这种人间淳朴的善与美喝彩！

早晨的阳光如昙花一般，稍纵即逝，中午天空还飘起了雪花。可是，没想到下午快下课的时候，太阳出来了，整个天空几乎都是蓝色的。我拿着相机来到原野，风依然强劲，不一会儿手便冻疼了；但眼前的景色，就像明信片一样明丽。

几幢稀疏的房子坐落在原野上，这便是我所在的安徒生国际幼儿师范学院。没有围墙，校园便无限广阔，与自然融为一体，充满诗情画意。蓝天上的云团似乎被阳光烘烤，正缓缓融化。有的云团，犹如白色的骏马在天地间奔腾；不一会儿，云团被风吹碎，如鱼鳞一般排列在蓝天上，苍劲的大树将枯枝布满天空，如钢笔画一般；有一个池塘，倒映着清爽的小树、尖顶的农舍和天空的白云；池塘边，芦花在风中俯下身子，似乎要亲吻水面。远处，一座童话般的茅屋静静地矗立在夕阳的余晖中，黄色的墙面在暮色中格外醒目，屋旁一棵树的枯枝上挂着一朵白云，恰如撑起一束白色的花；再将目光越过黄色的枯草和平坦的土地投向远方，天地交接处，隐约的房舍和树林之上，云彩好似花朵怒放，天空正在燃烧……

"让童年本身具有价值"

2018年3月19日 星期一 晴

今天依然是晴天。

上午,摩根院长给我们上课。

一开始摩根院长就公布了他今天谈的两个主题:一是丹麦的家庭教育,二是美国学者霍华德·加德纳在 80 年代提出的多元智能理论。

他给我们讲丹麦的家庭教育,实际上讲的是一位丹麦作者写的《跟丹麦父母学幸福教育》一书中的观点。这本书是最近出版的,很受读者欢迎。该书作者用英语单词"PARENT"(父母)总结幸福秘诀,即"丹麦教育六原则"(P-A-R-E-N-T):玩耍(Play)是儿童成长和身心愉悦发展的基础;诚实(Authenticity)有利于培养孩子的信任感,使其找到属于自己的"心灵指南";重建(Reframing)帮助孩子应对挫折,以积极的眼光看待事物;共情(Empathy)让孩子能友善地对待他人;不下通牒(No ultimatums)即没有亲子间的对抗、界线和不满;惬意相聚(Togetherness)

是无论在特殊时刻还是日常生活中都适宜的家庭聚会方式，丹麦人称之为 hygge，这是一种既简单又能加强彼此亲密关系的相处方式。

关于多元智能，摩根院长介绍了加德纳提出的九种智能范畴：语言智能、逻辑数学智能、空间智能、肢体运作智能、音乐智能、人际智能、内省智能、自然探索智能、存在智能。

然后，摩根院长让我们作了一个智能自我检测评价的小调查，让大家看看自己偏重或者擅长什么智能。

下午给我们讲课的是一位37岁的年轻学者Michael Hall Larsen。他主要给我们分享他做幼儿教育的一些经历。他本科学的是社会教育学，后来读管理，现在正在读MBA。他有15年做教育的经验。最近五年是作为管理者在幼儿园工作，更多关注0～6岁的孩子。

他说，丹麦幼儿园是教育和看护0～7岁孩子的场所，发展孩子的独立性，让他们身心全面发展。1987年，幼儿园的整个运营变为公共开支，根据家长的收入进行减免，保证所有的孩子都有上幼儿园的机会。丹麦幼儿园每周开园40～60小时。幼儿园开办的任务，是根据公众需求设

定的。所有的家长委员会的愿望作为补充。每天的具体工作由幼儿园来设定。60%～65% 的幼儿园老师都是本科专业人士。

他特别强调，德国教育家福禄贝尔的思想是幼儿园办学的思想基石。这个基石就是"让童年本身具有价值"。他认为，孩子不只是一个必须长成大人的孩子，孩子本身要享受他的童年，因为童年不会重来。

他说，丹麦的第一所公立幼儿园是 1901 年由一对夫妇建立的。当时是半天的幼儿园，其运作是有公共体系支持的。他又给我们介绍了丹麦人的儿童观——

我们把每个孩子看作独特的个体。孩子应该有创造力，有研究能力，必须接受挑战，每天都有一个小目标。

父母对孩子最关键，对孩子的成长负首要责任。父母对幼儿的教育是平等合作的基础，相互理解，相互合作。

所有孩子都需要在团体里发展，都有最基本的需求，要有情感的关怀。幼儿园的任务就是要创造这么一种环境，让孩子在这种环境里获得平等和安全的交流。

幼儿教育者都应该有好奇心，知道孩子在想什么。孩子应该与对他们充满好奇心、兴趣、关心的成人相处。

我们一定要意识到，我们在孩子面前是一个示范角色。成人在孩子眼里，都是模仿的对象。我们可能会说一套做一套，但孩子更多的是看你做的，并向你学习。

应该有极具专业素质的教育者给孩子以最好、最适合的帮助。根据每个孩子不同的需求来计划他每天的生活。

……

课间我和董老师聊："说实话，无论是摩根院长讲的丹麦人的育儿理念、加德纳的多元智能理论，还是下午 Michael 老师讲的幼儿教育，其实都不新鲜，中国许多人也拥有这些理念。"董老师一语中的："关键是人家把这些理念落到了实处，做得很好。"我特别赞成董老师这个观点。

我想到了几年前在美国考察学习时，写过的一篇谈中美基础教育的文章《说的与做的》，其中有这样的话——

中美基础教育的差别，在于美国不但说而且也做，中国则往往只说不做。

就拿"以学生为中心"的理念来说，我们从上世纪 80 年代开始，就强调"以学生为主体"，这个观念够领先了吧，甚至可以说很超前呢！大概是十多年前，国家开始新课程改革，于是"新课改"成了中国基础教育最响亮最时髦的词儿。当时为了"转变观念"，有关部门还出版了一本名为《为了中华民族的复兴 为了每位学生的发展》的书，该书在谈到课堂上平等互动的师生关系时这样说道："我们相信，在这样的师生关系中，学生会体验到平等、自由、民主、尊重、信任、友善、理解、宽容、亲情与关爱，同时受到激励、鞭策、鼓舞、感化、召唤、指导和建议，形成积极的、丰富的人生态度与情感体验。"看看，这些话拿到今天的美国课堂上，肯定也是新观念，可我们十多年前就有了。但近 30 年过去了，中国的课堂如何呢？基本上不还是教师独统天下吗？

因此，我越来越认为，就基础教育而言，中美差异主要不在观念，而在行动。甚至可以说，在理念层面，中国和美国的教育者已经达成共识：要尊重学生，要围绕学生的学来设计教学，要因材施教，要鼓励学生参与课堂，激励学生大胆发表不同的看法……但虽然基于同样的理念，中美各自的课堂却呈现出截然不同的情况。

美国的课堂上，学生活泼、自由、积极、舒展、无拘无束，老师围着学生转。而中国的课堂呢？基本上还是下面的学生坐得整整齐齐，老师一个人站在讲台上。这样便于老师讲，学生听。除了中间有时候老师会提些问题让学生讨论回答外，基本上还是老师一讲到底，甚至常常拖堂，明明下课了，老师还在喋喋不休地强调这个"关键"那个"重点"，唯恐有所遗漏。

其实这些老师不是不明白"以学生为中心""教师的教是为了学生的学"之类的新理念，如果是写总结，或者写论文，他们大都会把新课改的理念说得头头是道："学生主体"呀，"以人为本"呀，"师生互动"呀，等等。可惜这些理念总是停留在纸上。

……

我的这个判断同样适合于对中国幼儿教育的评价。

课后，我骑自行车去周边的原野上拍照。

没有刻意的景点，也没有人为打造的旅游区，一切都是那么自然，甚至原始——我居然还在乡村小道上看到骑马的！无非就是蓝天、白云、土地、树林、农舍……可这一切搭配在一起，却满目风景，处处是画。

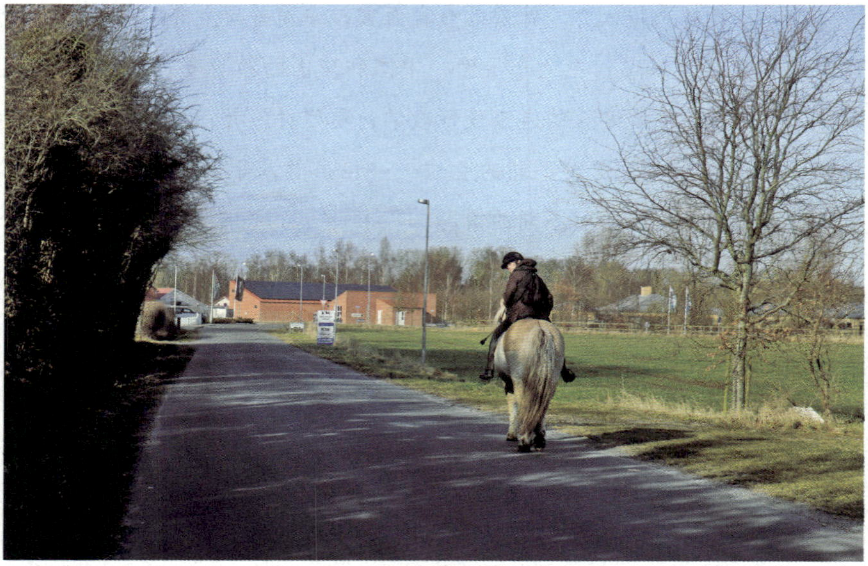

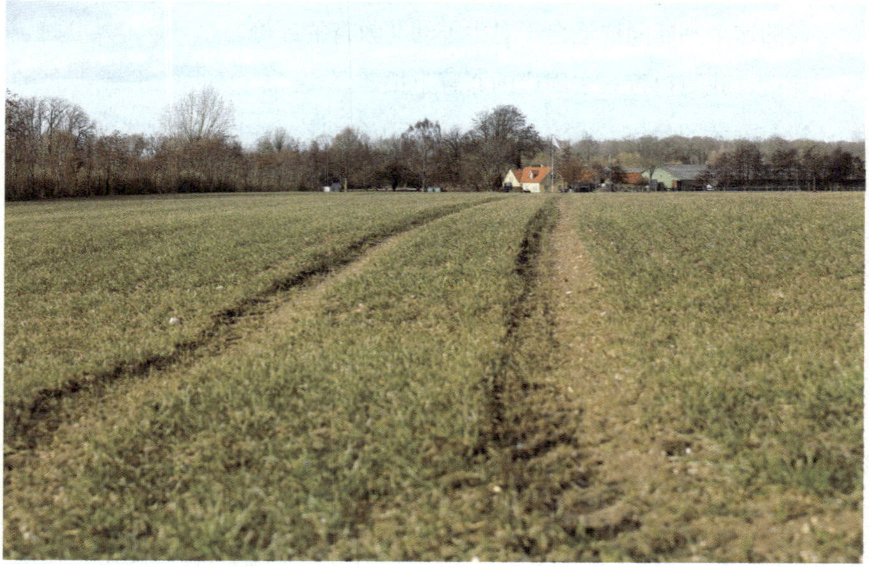

我第一次
在童话剧里
当上了"国王"

2018年3月20日 星期一 晴

Part 1 初访丹麦

早晨 5 点醒来,出门想看看天上有没有星星,结果一看,星星倒是有,但比较稀疏,因为天空已经微微泛白了。我决定到外面去晨练,在路上拍日出。

朦朦胧胧中,我沿着公路朝东走,走着走着天渐渐亮了。在一片辽阔的原野前,看到远方的地平线呈绯红色,我知道那是太阳升起的地方。房屋、树木、输电线铁塔、太阳能风车……都在东方的天幕上映出美丽的剪影,天上不时飞过一只或一群鸟儿,天地之间顿时有了生命的气息。

渐渐地,东方的天际线上冒出一点金色的弧线,我意识到太阳正在升腾。我赶紧站在路边,以一棵树为支撑点固定长焦镜头,眼睛一动不动对准那条金色的弧线,不,已经不是弧线,而是半圆,转眼间太阳便跃上天空,世界一片辉煌。

今天来给我们上课的是 Lisa Van 老师,她带来许多服

装。这些五颜六色的服装整整齐齐地挂在衣架上，放在教室的墙边，我顿时感到我置身于服装店。

这些服装是她的道具。她今天打算用体验式的教学方式让我们感受丹麦的童话教学。

正式上课前，Lisa Van 让我们围成一圈先做几个游戏放松，我们跟着她的手势比着各种动作，煞是有趣。然后，她让我们每一个人简单介绍一下自己。当轮到我的时候，我说："My name is Li Zhenxi. I come from Chengdu. I am an old teacher, a middle school teacher. Thank you!" 这是我第一次说英语，大家给我掌声鼓励。

开始讲课了。Lisa Van 先讲了一些理论，其实也不是纯理论，叫"观点"更准确一些。她出示了一张照片，照片上孩子们正在大雨中玩耍。她说："不论刮风下雨，孩子们都照样在外面玩儿。这是丹麦幼儿园常见的情景。所有的恶劣天气孩子们都可以在外面玩儿，一年四季都是如此。没有不好的天气，只有不适合的穿着。"

接着，Lisa Van 根据她所掌握的信息比较丹麦和中国的幼儿教育，她一再声明，她的理解可能不准确，欢迎我们批评指正。她说——

丹麦的老师和其他成人要去倾听和关注每一个孩子，中国的教师更关注听话的好孩子。

不管你在什么地方，都可以关注到每一个孩子，关注他们的成长过程，这是过程导向。中国的教育更多的是结果导向，比如老师会想，这个学年必须达到什么目标等。

在丹麦，成人和孩子是互相尊重的，是互动的；在中国，更多的是成人教授孩子。

丹麦幼儿园更多的是成人和儿童合作，老师和家长在意的是让孩子做最好的自己，让生活充满乐趣；中国幼儿园更多的是竞争，包括幼儿之间、老师之间。老师要求孩子追求"第一"，做群体里最好的。这样就产生了竞争，包括幼儿之间、老师之间、幼儿园之间，有太多的比赛和排名打分，太多的"小红花"，这样比较的结果，就比较累心了！

……

听了 Lisa Van 对中国幼儿教育的理解，虽然也觉得有的地方不是太准确，比如中国也提倡关注每一个孩子，而且不少老师也做到了，但总体来说，她对中丹两国幼儿教育的不同点还是概括得比较中肯的。她还说到了中国幼儿教育（还不仅仅是幼儿教育）的弊端。

Lisa Van 在上课时讲述了以下两部分内容。

内容1：

"Anerkendende（丹麦语，包含欣赏、认同、接受、承认、包容、尊重、共情的意思，用某一个特定的中文名词不能准确说明）paedagogik（教育学）"，其基础是挪威心理学家安妮·利斯·勒维·施比（Anne Lise Løvlie Schibbye）的理论。

Anerkendende教育学提供了一种与其他人建立关系的特殊方法，即认同关系。当我们建立这种关系时，需要呈现五个要素：理解和同情，认识自我，确认，开放，自我反思和设定边界。比如一个孩子与另一个孩子抢玩具，需要接受冲突事实，承认事情的发生，明确自我感受，理解对方感受，依据经验应对，总结并积累。这意味着需要将自己放在对方的位置，承认对方，并愿意接受不同的出发点和看法，即换位思考，承认不同。

处理这种关系时，需要设定自己的边界并反思，使参与到关系里的各方，都能够感觉舒适，从而获得安全感。

这种关系运用在成人与孩子之间时，是一种不对称关系。成人具有定义权，可以制定规则、确定对与错、判断是否合法等。因此，成人需对关系的质量和结果负有完全责任，这是至关重要的！

内容2：

六个教育学习主题：

多才多艺的个人发展（让孩子在活动和游戏中全面发展）

社交能力和包容性（在活动中培养他们的这些能力和品质）

语言发展（在沟通过程中自然发展）

身体健康和运动（发展身体运动的能力）

自然和自然现象（在活动中认识自然和自然现象）

文化表现形式和价值（了解文化的表现形式和价值）

接下来Lisa Van讲了她做演出服装的原因。她说她以前是学经济的，但喜欢动手制作。女儿小时候她为女儿做演出服装，也教女儿做，做好后女儿带到幼儿园使用。八年之后，她重返幼儿园，看见那些服装居然还在被使用。后来她开始专门研究做演出服装。她发现孩子们穿上这些服装时，有一些故事发生了。"我想知道孩子们穿上这些衣服后脑子里在想什么。"她说，"我发现他们穿上演出服装后发生了变化，因为服装是童话中人物的服装，所以孩子和童话人物发生奇妙的关系，有的孩子变得自信起来，甚至会改善孩子之间的关系。比如，曾经有两个女孩从来不一起玩，但穿上演出服装后，聊得非常开心。在演出时，我们要关注每一个人。有一次演出过程中，有个孩子不开心，也没参与进来。老师就专门给了他一个鱼的道具，说'你帮我照顾一下这条鱼'。这就不但给予孩子关心，还给予他尊严。虽然这是一个游戏，但我们要接纳包容每一个孩子，包括不在状态的孩子。"

她强调了"玩"的意义："有家长问：你们在幼儿园一直玩，做其他事没有？我们回答，玩本身就是学习。孩子不会为了学习去玩耍，然而学习会在玩耍中自然产生。但孩子不是瞎玩，而是在老师的指导下玩。"

课间休息后，Lisa Van 让我们穿上安徒生童话《打火匣》的演出服装体验一下。教室里一下子热闹起来，大家都选了一件角色衣服穿上，开心极了，好像又回到了孩子状态。我选的是国王的服装。

然后，她拿出《打火匣》的图，发给我们每一个人，说："我以《打火匣》为例。这是玩的地图，通过玩，让孩子记住故事。我给你们每人准备了这么一张玩的地图。你们可以看看。然后每人写两个问题。"

她发下卡片，让大家写一个语言问题，一个动作问题。当然，这两个问题都是站在孩子的角度提出来的。写好后，她将我们的问题卡收集起来，让大家围成一个圈，随机去拿卡片，看上面写的什么。如果是动作（比如：狗是怎么从匣子上跳起来的？狗是怎样走的？士兵怎么爬树，又怎么从树上下来？），就让抽卡片的人做动作；如果是语言（比如：女巫为什么起先对士兵很和蔼，后来却变得凶狠起来？绞刑架是怎样的？打火匣是什么形状？树为什么会有洞？），就让抽卡片的人回答。我抽到的问题是："国王住哪里？"我回答："国王住在成都九眼桥。"她不理解我为什么这样回答，我说："我住哪里国王就住哪里，因为我就是国王！"大家都笑了。

吃了午饭，继续回到教室上课。Lisa Van 让我们演出这个童话。虽然是临时出演，并没有排练过，但大家都非常投入，作为剧中的国王，我也演得非常认真。大家都不是专业演员，但我们通过演出找回了孩童心态，非常开心。

下课了，外面阳光正好。我给女教师们拍了各种造型的照片。草坪上有一个高台，她们站在高台上，做各种姿势，我站在下面仰拍。明丽的蓝天下，每一个女教师都是那么美丽动人。然后又在草坪上以各种组合和造型拍，大家嘻嘻哈哈。她们很开心，我也开心。

傍晚，夕阳缓缓下沉，一片血红溅满天空，渐渐又化作瑰丽的晚霞。一弯新月，挂在浅蓝色的天空上。不一会儿，夜空变得深蓝，弯弯的月亮如同一只明亮的眼睛，静静地注视着大地。

晚上，学院请来两位歌手举办演唱会，演唱的歌曲大都取材于安徒生童话，有些歌曲是他们自己作词配曲的。他们两人的故事也充满童话色彩，美国女歌手到丹麦旅行，认识了丹麦小提琴手，他们相爱了，于是美国女孩嫁给了丹麦先生，并组成了一个"安徒生小乐队"。听说了我们的安徒生国际幼儿师范学院，于是，走进了我们学院，有了新的童话故事。

我去听了一会儿，虽然听不懂歌词，但演唱者和伴奏者的激情还是感染了我。

观摩孩子们的"幻想之旅"童话剧演出

2018年3月21日 星期三 阴

早晨起来，又准备出去拍日出，结果一看是阴天。不过我知足了，整整四个大晴天，该拍的我都拍了。

上午，我们前往欧登塞，去昨天给我们上课的女教师Lisa Van做幼儿教育研究的克雷蒙幼儿园参观，具体看看她昨天讲的那些理念是如何呈现的。

进了幼儿园，我们直接去了要参观的那个班。教室门上贴着我们团队到达丹麦第一天，在从哥本哈根机场到学校路上的大巴上的合影。原来，老师为了让孩子们不怯生，以这种方式让他们先熟悉我们。

一进教室，十来个洋娃娃靠墙就地坐成一排，非常可爱！可惜不能拍照，因为这是丹麦所有幼儿园的规定。

当我带着遗憾看着这群洋娃娃的时候，Lisa Van突然告诉我们一个好消息："我已经同这个班孩子的家长们沟通过了，他们同意拍照，所以你们可以拍，但只限于这班的孩

子。"大家赶紧拿出手机或相机拍了起来。因为我以为不能拍孩子，所以今天根本就没有带相机。现在听说可以拍，只好拿出手机拍了几张。

今天我们观摩的是孩子们的"幻想之旅"童话剧演出。就是在没有任何事先设计好的人物、情节、主题的情况下，孩子们即兴表演。老师先让每个孩子说他是什么（即他想扮演什么），有的说自己是国王，有的说自己是美人鱼，有的说自己是猫……然后就开始表演了，一边演一边现编情节。

在编情节的过程中，孩子们表现出了惊人的想象力。中间当然有演不下去的情况，这时老师便给予引导或建议；还有一些突发情况，比如某个孩子不高兴，情绪低落，老师都会根据当时的情景予以非常自然的引导。总之，最后这个剧很是完满。所谓"完满"的标准，不是说这个剧有多么精致和无懈可击，而是说孩子们都参与进去了，都动脑子了，情节也很生动，孩子们都很开心，结局皆大欢喜。

童话剧结束后，幼儿园的副园长给我们介绍他们的教育理念以及丹麦幼儿园的管理特点。他讲了昨天 Lisa Van 讲过的那"六个教育学习主

题"（多才多艺的个人发展、社交能力和包容性、语言发展、身体健康和运动、自然和自然现象、文化表现形式和价值）在实践中的做法。

　　副园长还介绍了丹麦幼儿园的三种体制：一是公办幼儿园，二是私立幼儿园，三是介于公办和私立之间的"合作幼儿园"（指自由持股，由家长组成的董事会管理运营的非营利幼儿园）。无论上哪种幼儿园，国家对每一个孩子都有专用的幼儿教育经费，这笔钱是跟着孩子走的。如果孩子读公办幼儿园，这笔钱自然就给了公办幼儿园；如果孩子读私立幼儿园或合作幼儿园，那么除了有相同金额的国家教育经费帮他支付费用之外，孩子家长还需额外支付一笔费用，但这笔钱很少。在私立幼儿园或合作幼儿园，家长可以参与幼儿园的管理，比如园长和副园长都是由家长委员会选出来的。今天给我们作介绍的这位副园长说，他就是家长选的，而他曾经就是这个幼儿园孩子的家长。

　　听完介绍，我们又去看刚才那个班的孩子们演奏乐器。孩子们围坐成一圈，每个孩子都拿着一件乐器。他们在老师的带领下演奏得非常投入，旋律动听。孩子们看起来都非常可爱。

中午，我们来到安徒生博物馆见馆长 Torben 先生。

我们到博物馆的时候是 12 点半，比约好的时间早了半个小时。这时副馆长过来用流利的汉语对董老师说道："Torben 馆长 1 点钟才回来，我来陪你们聊聊。"我一听，大吃一惊，他的中文居然说得这么好！

我看他很年轻，便问他在哪里学的中文，他说是在北京语言大学学了两年，又在丹麦驻中国大使馆工作过两年。我又问他和英语、德语等比起来，学中文要难一些还是容易一些。他说还是中文要难一些。

他还说他经常去中国，很喜欢吃中国菜，"特别是川菜！"他这一句话让我特别惊喜，我说："我是四川人，我在成都。你能吃辣吗？"他说很喜欢吃辣，去年还去过成都，逛了都江堰。

他送给我们名片，上面有他的中文名"傅儒思"。我问他为什么取这个名字，他说："我有一个很好的中国朋友姓傅，所以就用了他的姓。我喜欢儒家思想，所以取名'儒思'。"我跟他开玩笑："你这个姓没选好。姓傅，以后你做什么都只能是二把手，当馆长是副馆长，当了总统只能是副总统，甚至当爷爷也只能是副爷爷！"

大家都笑了。

1 点钟，Torben 馆长来了。这是一位看上去很有学者气质的儒雅先生。他热情欢迎我们的到来。他简单介绍了安徒生博物馆的情况，并说安徒生博物馆和中国上海、青岛、成都的一些博物馆都有合作。他又说安徒生博物馆新馆正在修建中，是日本人设计的，非常气派。刚才我们参观的，是一个临时的博物馆，希望过几年，我们再来参观新馆。

我们之所以要见安徒生博物馆馆长 Torben 先生，是因为安徒生国际幼儿师范学院创始人董瑞祥获得了 Torben 馆长的正式授权，董老师是世界上第一个有权使用安徒生名字和肖像来举办教育活动的教育工作者。由于 Torben 馆长的大力支持，"安幼"事业红红火火地做了起来，所以，董老师特意带我们来表达感恩之情。

因为安徒生的缘故，Torben 先生也成了丹麦的大名人。丹麦女王到

中国访问,他陪同;中国国家领导人到丹麦访问,他当向导。

　　因为安徒生的缘故,丹麦成了童话王国。相信童话的人,往往能创造出童话故事。

从"幻想之旅"回到童年

2018年3月21日 星期三 晴

　　下午，我们回到安徒生国际幼儿师范学院，继续听 Lisa Van 老师上课，听她的童话故事。

　　她先问我们："上午看了孩子们的演出，你们喜欢吗？"

　　我们都说："很喜欢！"

　　她说，在中国的幼儿园，可能有提前设定的课程，要教什么都是预先设计好的；但在这里，很多时候是孩子在活动过程中生成问题，老师根据具体情况予以引导，所以没有固定的课程。

　　接下来，她要我们也尝试"幻想之旅"，以这种即兴创作的形式表演。

　　第一组由五个老师表演。Lisa Van 还是让演员自己选角色，她只问"你是什么"。秦晓燕说"我是一只很悲伤的小山羊"，马乐说"我是一头不停地吃的牛"，刘燕说"我是魔法师"，李梦洁说"我是能满足大家所有希望的小精灵"，王向晖说"我是一匹来自北方的狼"。

然后她又分别问每一个角色："你住在哪里？来自哪里？"以此确定该角色演出时所居住的位置。

接下来，演出便开始了。因为是即兴创作，所以中途有很多意想不到的情况，Lisa Van 总是很自然地介入，和大家一起商量如何推动情节。比如，小山羊不开心，她便启发大家："我们现在怎么让伤心的山羊开心起来？"遇到情节无法编下去时，她也会引导大家，和大家商量。比如她说："我们能不能改变狼的想法，让它变得温柔起来？"最后，不但狼变了，小山羊也变成了"喜羊羊"，很开心。演出很精彩。

秦晓燕说："我之所以确定我这个角色，是因为我上午看孩子们演出的时候，就发现了这么一个孩子。我就想，对于一个情绪低落的孩子来说，有时候过度关心未必是好事，因为如果他不愿被别人打搅，你非要去关心他，可能适得其反。干脆让他独处一会儿，让他做旁观者，看着看着，可能他会愿意参与。"Lisa Van 同意她的观点。

第二组演出开始了。孙青说"我是失忆症老鼠"，张银霞说"我是很坏的坏蛋，怪兽"，薛丹说"我是叛逆的公主"，张帅男说"我是小猪丢了的猪妈妈",王艺蓉说"我是挂在墙上的辣椒"。

也是一边演一边编情节。中间有许多意料之外的困难和笑料。比如，坏蛋说："我不想跟任何人交朋友。"大家就想着怎么让他转化，而转化就需要铺垫情节。又如，老鼠到处流窜，看到森林里的公主，看到过得很好的猪妈妈，老鼠就问："你们有米吗？我是中国老鼠，喜欢吃米饭。"这句话把大家逗乐了，因为这几天我们都吃不惯丹麦的面包，都想念中国的饭菜。再如，王艺蓉扮演的辣椒是一个固定在墙上的角色，怎么让她动起来呢？大家又动脑筋设计情节：怪兽进攻，大家便用辣椒射怪兽的眼睛。

演着演着，成了美女和怪兽的故事。怪兽本来邪恶，但看到公主，心软了，爱情让他向善了。公主也变了，帮助了别人自己很开心。薛丹扮演的公主说："我可以嫁给你，但条件是你要用魔力保护整个城堡，不能吃它们。"怪兽说："为了爱情，我愿意吃素！"大家都笑了。但是，辣椒怎么办？难道还挂在墙上吗？大家又设计把辣椒做成辣椒酱，让大家吃。怪兽说："你已经融入我们每一个人的身体了，彼此永不分离，你就是我，我就是你！"

这个剧真是很棒！

本来我是想举手扮演一个角色的，但后来我想，应该把机会让给幼儿园老师们，他们的体验对他们回国后一定很有用，我一个"打酱油"的，凑什么热闹呢？所以我便放弃了演出的想法。

演出完毕，Lisa Van 让我们两人一组讨论昨天讲到的"学和玩"的关系，她要我们思考：从玩中可以学到什么？她强调，回答时不说"我学到了什么"，而是以例子的形式表达自己的收获。

钟磬老师和我一组讨论，我们都认为，"幻想之旅"这种表演形式对教师素质是很大的挑战，因为老师首先要有幻想力和创造力，不然怎么引导孩子？其次，老师要非常了解儿童的内心，要能够感受儿童的思维，这样才能自然介入孩子的表演，提出建议。第三，老师要敏锐，能在细微处发现一些引导的契机，感受孩子的内心世界。

我们正在讨论，教室门突然打开了，一头"骆驼"闯了进来，大家都很惊喜，也很开心。原来 Lisa Van 自己设计并亲手制作了骆驼服装，她和郭斌老师一起穿上，便成了逼真的"骆驼"。

讨论结束，Lisa Van 让大家发表看法。

李梦洁说："老师对孩子的引导很重要，比如当国王在挖地道时，老师问'除了挖地道还能做什么'，孩子便说'可以做钻石'。在这个过程中，孩子学会了读懂别人的情绪……"

王向晖说："这种形式存在着无数种可能，给孩子无限的选择。每一个人都对情节的走向起着推动作用。每个人都影响着别人，每个人都受别人影响。一切皆有可能。"

秦晓燕说："我感受特别深的是，在孩子们演出时，老师的介入非常自然，是以故事的方式。比如有一个孩子扮演猫，却很烦躁，如果在中国，可能老师会把她抱走，因为有外国人在看演出。可今天 Lisa Van 却对猫说：'也许是昨天晚上你没有抓住老鼠，所以很烦躁，让我抱抱你吧！'然后为她唱歌，还问她：'你没抓着老鼠吃，还饿吗？'并对扮演其他角色的孩子说：'我们都过来喂她吧！让我们来唱一首歌吧！'最后这个孩子开心起来。老师的引导并不是脱离故事，而是非常自然地在故事情节的推动中安抚孩子，所以最后大家都很开心。"

我非常赞同秦晓燕的分析和感受。

下课前，Lisa Van 说："你们看到了我扮演的骆驼。这套骆驼服装是我专门给一个剧设计的。当时他们要做一个很生气的富人、一头骆驼、一只狮子和一头驴的服装。他们演出完了之后，我把服装拿回来了。因为在设计骆驼服装的过程中，我爱上了骆驼。所以，我特意把这几套服装要回来了，收藏在我家的箱子里。有一个晚上，我睡着了，我似乎听到有人在叫我，我睁开眼睛一看，原来是骆驼，它对我说：'你既然这么喜欢我，为什么把我放在箱子里呢？我要去和孩子们玩，我可以带给他们很多快乐。'所以那天晚上，我创作了一个新的情景剧，是富人去幼儿园，带着骆驼、狮子和驴……剧中有一个情节是，富人每次出场都苛求别人的个人卫生，要检查别人洗手没有呀，剪指甲没有呀，等等。后来我们每次进幼儿园，小朋友们看见我来了，都要对我说：'我洗了手！''我剪了指甲！'……我并没有刻意地去做什么，但后来却有意想不到的神奇效果。这就是我的幻想之旅。"

　　来丹麦这么久，大家都说丹麦的面包实在吃不下了。于是，晚上李梦洁、王瑜等女老师便动手做中国拉面，还去超市买来辣椒面做油泼辣子。真好吃！我连吃五碗。后来过来几位外国人，我们热情地请他们吃，他们也不客气，一边吃一边说"好吃"。哈哈，扬我国威，文化自信爆表。

我亲手做了一个毛茸茸的兔子

上午是北菲茵民众学院的梅特老师给我们上课。

梅特老师说的第一句话是:"我今天从另外的角度给你们讲一些对你们可能有用的东西。"

然后她展示了一张照片,照片上是一个笑眯眯的4岁的中国男孩。她指着男孩说:"这个男孩现在应该是34岁了。当时在一个公园里,孩子们在玩,我离得比较远,用长焦镜头拉近拍的。这张脸我印象很深。"

她说:"1988年,我还是一个年轻女孩,在亚洲和男朋友旅行了六个月,最后到了上海。去中国之前,很多亲友不理解,说这件事很难,所以当时我们很犹豫,觉得似乎不该去。到了上海,有一天收到一封信,是杂技团的票,我们不懂中文,根据票上印的图去找,路上碰上一位女士,很热情地帮助我们,后来还邀请我们到她家做客。我们在中国待了两个月,那两个月我们特别愉快。我有两个女儿一个儿子。我现在是民众学院的教师,主修语言和文化,我还去做文化方面的指导教师。从 2005 年开始就在本校任教，直到现在。"

接着，梅特老师比画着对我们说："当你走进课堂，你可能背着一个背包，这个背包里有一些你的既有经验。但我现在请你把这个背包放在门外，把你以前的经验放在教室外面。完成这个课程后，你会有一个新的背包。我一直在发展，到各个国家去旅行，积累新的经验，所以我的人生在成长，我的热情一直没有减退。我希望在座的各位也一样，每天都有热情，不断成长，也让孩子的人生持续成长。"

梅特老师讲课很有趣，富有激情，讲着讲着会站在凳子上，双手比画着，完全沉浸在自己的讲述中，甚至随着讲述的内容手舞足蹈。

她说她写了一本书，所有的理论都来自美国哲学家和理论心理学家肯·威尔伯。"我有很多想法，我把我的想法写满了记事贴，我想我必须系统化，这些东西应该是一个整体。威尔伯提出一个理论，每个瞬间我们的思想都有四个方面，或者说四个维度：第一，当你们坐在

这里的时候，你们的头脑里会出现各种想法，这是别人不知道的，比如你在这里听课，可你脑子里却在想'我昨晚没睡好'。第二，你还有外在的意识，就是你身体每个部位的感受，比如这房间太热或太冷。第三，你走进房间里，看到大家都坐着，你也情不自禁地坐下，因为有'我们'这个意识，这是'我们'所形成拥有的文化，就是共识。第四，在'我们'的外延，会有一些规则，比如学校的规则、社会的规则。这四个部分永远在同时运转，彼此互相联系。"

她强调，任何时候，这四个方面都是同时存在，并且不可分割的，这就是"整体"。

她说："我们知道这四点互相作用。格隆维更关心的是整个人生的学习，在格隆维时代，很容易谈身体、思想和精神，人类就是身、心、灵组成的；现在，特别是西方社会，特别想对心灵层面进行科学论证，但科学有时候却论证不了，便忽略了心灵的东西，包括情感和精神，只注重理性主义。这是不对的。"

我理解她说的——或者说威尔伯说的四个方面，即内在意识、身体和运动、团体和价值观、社会的规则，的确同时存在，不可分割，彼此联系，互相影响。这就是她今天反复强调的"整体"。

课间休息，她让我们做一个游戏：甲乙二人，相向而立，甲说"一"，乙说"二"，甲说"三"，然后倒过来，乙说"一"，甲说"二"，乙说"三"，如此循环反复。看起来简单，其实刚开始会不适应，不过很快便比较容易了。然后她提高难度：还是按刚才的规则说一二三，但是凡是遇到说"二"时，用拍手替代，即甲说"一"，乙拍手，甲说"三"，然后乙说"一"，甲拍手，乙说"三"。这下就的确有点难度了，主要是反应不过来了，遇到说"二"的时候，忍不住要说出口，却忘记了应该拍手。经过练习，我们都做到了。然后她继续提高难度：其他不变，但遇到"三"时以跺脚替代，即甲说"一"，乙拍手，甲跺脚；乙说"一"，甲拍手，乙跺脚……我和薛丹一组，到了这时，我俩都有点手忙脚乱了，有一次我居然同时拍手和跺脚，引得周围的老师哈哈大笑！他们问我："李老师，你那是表示几呀？"我说："表示二三啊！"大家又笑了。我说："哦，不对，我那是表示23。"大家笑得更厉害了！

重新上课。她问大家做游戏的感受，秦晓燕老师说："做游戏时，注意力必须高度集中。"

她说："嗯，这个游戏看起来容易，其实并不容易。我让大家做的目的，不只是放松，还想让大家明白，有时候我们教给孩子的东西，看起来似乎很简单，但孩子做起来却并不简单。"

接下来，分组讨论，设计一个活动，贯穿刚才讲的理论。

她让我们五个人一组讨论一个教学活动，要贯穿她刚才说的那四个方面。我、张燕教授、郑如薇、马乐和泰国老师一起讨论。我们用了张燕老师现成的一个幼儿活动方案，从那四个方面进行分析。

各小组讨论完毕，每组代表站起来交流。

虽然在其他老师看来，我是作为所谓"专家"而不是学员来参加这个培训的，但我自认为和所有老师一样认真。尤其是课堂笔记，老师们公认我记得又快又细又全。因为我电脑打字特别快，基本上能够做到和说话者同步，再加上有翻译的"缓冲"，我用电脑记录起来就更从容了。同时，我还抽空给教授和学员老师们拍课堂照片。因此，我上课其实比别人更紧张，当然也更充实，收获更多。

下午，是手工课。我选的是制作小玩具——将绒毛一针一针扎成自己想象的小动物或其他玩意儿。李梦洁一开始就不小心扎着手了。我觉得太复杂了，我从来没做过，就想放弃，但又不好意思，众目睽睽之下怎么好意思走？于是硬着头皮坐下了。

看着身旁的李梦洁在做一个女巫婆，不一会儿便初现雏形了。张银霞做的是一只可爱的小狗。王艺蓉不停地用针扎呀扎的，"嚓嚓嚓"的声音很是夸张，她做的是一个平面的兔子。王禹更了不起，居然做了一个蒙古包，还有草原，草原上还有小羊……

在她们的感染和鼓励下,我也开始很认真很用心地扎。一个多小时后,我做了一个毛茸茸的兔子,作为送给女儿的礼物。关键是居然没有扎着手。

只有教师是
一个幸福的人，
他才能培养出幸福的人

2018年3月22日 星期四 阴

小兔子快要做完的时候，接受当地媒体采访。

问：您在丹麦学到了什么？或者说，您对丹麦教育印象最深的是什么？

答：教育者和孩子之间那种平等关系，对孩子无微不至的真正的尊重。

问：这些东西带回中国有用吗？您觉得丹麦教育可以在中国推广吗？

答：有些具体做法是有用的，比如昨天我们看到并体验的"幻想之旅"，这种做法完全可以在中国的教室里让孩子们去实践，一点问题都没有。但并不是所有方法都可以照搬，毕竟国情不同。重要的还是先进的理念，而这个理念所呈现的形式完全可以是多样的，不一定非要是丹麦式的。

问：您觉得中国和丹麦教育有什么不同？

答：我认为，如果从理念层面讲，说实话，中国和丹麦或者说中国和欧美发达国家的教育，没有太大的不同，大家都认为要"以人为本"，现在在中国，哪怕是一所乡村学校，墙上可能都写着"一切为了孩子"；问题是，在中国好多理念还停留在标语口号上，当然也有行动，而且有的地区有的学校做得还不错，但远远不够；而在丹麦，这些理念却已经成为普遍的行动，而且是非常自然的生活化常态。另外，至少还有一点不同，就是丹麦教师的自主性要大一些，或者说自由度要大一些，创造的空间自然就宽阔得多；而中国教师就目前来讲，各种约束太多，由于评价方式、考核制度以及来自各种形式主义的督导检查等的干扰，能够自由发挥的教育空间很狭小。当然，我们国家已经下决心改变这种状况，刚刚颁布一个教育改革方面的文件，重点是教师队伍建设，已经提出要提高教师素质，为教师排除干扰，给教师更多的创造自由。

问：我在采访您之前也看了您的一些文章，了解到您的一些观点，您特别重视"幸福"的理念，能结合您这次在丹麦的感受谈谈这个理念吗？

答：是的，我有一本书的名字叫"幸福比优秀更重要"。这个命题不一定是我先提出来的，但我特别认同这个理念。所谓"优秀"更多的是靠外在的评价，因此追求"优秀"就免不了要做给别人看，而且和别人比；但"幸福"是靠内心的感受，与别人无关。在中国，我们更多的是培养"优秀"的学生，各种评优选先都是希望某一个人能够"脱颖而出"，在这一过程中，孩子其实失去了很多幸福；而我发现丹麦的教育者更注重培养孩子本身的幸福感。再简洁一些说，中国教育更多着眼于培养对国家对民族"有用的人"，而丹麦教育更多着眼于培养"幸福的人"。其实，教育既要培养"有用的人"，也应培养"幸福的人"，不可走极端，但关键是二者应该找到平衡点。我还想补充一点，培养幸福的人，前提是教师本身必须幸福；只有教师是一个幸福的人，他才能培养出幸福的人。

问：这个"安幼培训项目"会给中国孩子带来什么样的影响？

答：我这次是受丹麦安徒生国际幼儿师范学院"老牛中国幼儿教师人才培训项目"的邀请前来学习考察的。我认为这是一个很了不起的项目，我对项目的发起人董瑞祥先生表示由衷的敬意。以前我和他素不相识，但随着对这个项目的了解，特别是来到丹麦深入参与进来之后，我感到他是在圆一个伟大的梦，这个梦就是从幼儿教师开始一点一点地改变中国教育，进而尽可能地为中国进步效力。让我感动的是，董老师组织的最近几期赴丹麦培训都是公益的，参加培训的都是来自甘肃、内蒙古、山西等地的一线普通老师，不但不交一分钱的费用，而且在丹麦的吃住行全部免费。一个国家的希望在教育，而教育应该从孩子最初进幼儿园开始，这样，幼儿教师的教育理念、专业能力和综合素质就尤为重要了。我不想不切实际地夸大这个项目的作用和影响，但能够改变一个老师，就改变了一个班的幼儿，改变了一个园长，就改变了一群孩子……能做一点算一点，能走多远就走多远，关键是这个进程已经不可逆转，微观的改变已经发生。这就是意义。

问：您这次来丹麦，对安徒生有了新的认识吗？

答：安徒生对于中国人来说并不陌生，因为中国的中小学语文教材上都有他的童话。但是这次来之后，我更深刻地理解了安徒生。安徒生绝不仅仅属于孩子，他属于所有人，属于一个人的所有年龄段，属于整个人生。他的童话所表达的是人类共同的价值观，比如善良、正直、向上，他博大的胸襟和真诚的人道主义情怀，哪里仅仅属于儿童？还有他无与伦比的想象力和创造力，也是人类永远需要的。中国当然也有善良、正直、想象力，但还很不够，中国人民同样需要从安徒生童话中汲取精神养料。还有，安徒生出身贫寒，历尽苦难，最后从丑小鸭升华为白天鹅，他一生的经历本身就是一部伟大的童话。

问：您是第一次来丹麦，这和您没来丹麦之前的想象有什么不同？

答：没来丹麦之前，除了知道这是安徒生的国度，还知道这是世界上幸福指数最高的国家之一，但来了之后我发现，这里的一切都是那么自然、简单、朴素、单纯。城市并不繁华，街上没有豪车，比如我们现在所在的校园，没有高大的教学楼，没有体育馆或天文馆，连校门都没有，都是简单的平房，教室窗外便是一望无际的原野，远处是村庄和森林，完全和大自然融为一体。我和丹麦民众的直接接触不多，但我从不多的接触中，感到丹麦人很单纯，彼此之间的关系很纯净，很简单。其实中国也有很多美好的地方，如果要说，我也可以说一大堆，但今天您是让我说丹麦，我自然就多说丹麦。

问：丹麦教育可以从中国学到什么？请给丹麦的教育者提一条建议。

答：我对丹麦的教育还谈不上全面深入的了解，所以我还没想过丹麦教育可以从中国学到什么，但我想，丹麦人过得这么舒适，这么恬淡，与世无争，那中国教师的不断进取、自我提升的精神，是不是可以让丹麦教师借鉴呢？我知道中国的许多普通教师非常让人敬佩，身处逆境，而自强不息，不断向上……不知道这是不是可以让丹麦教师学习。

记者：您说得对，中国教师这些品质的确值得丹麦教师学习。

我问：丹麦有评选"优秀""劳模"之类的吗？

答：没有。丹麦教师没有任何自上而下的评比，只有在学校孩子们自己评选自己喜欢的老师。

我又问：那丹麦的教师评职称吗？比如有初级教师、中级教师、高级教师之类的晋升制度吗？

答：也没有。我们在学校或幼儿园有校长、园长和教师之间的区别，也有校长、副校长之间的区别，但教师之间没有您说的那种专业职称区别。

我问：如果什么都没有，靠什么去激励教师呢？

记者蒙了，想了一会儿，她回答：您一下提出这个问题，我一时不知道如何回答您。要说"激励"，我们的老师更多的是自我激励。看到自己学生的学习效果不如别人，虽然学校并没有评比，也没有奖优罚劣之类的，但他有自己的尊严啊！如果一个老师工作了五年，却感到自己并没有变得更强，他自己就会紧张，会想办法提升自己，就自己参与一些研究项目，比如如何更好地教学，如何更好地和学生相处，如何对待青春期的孩子，等等，通过这些在广度和深度上提升自己。

我问：丹麦教师的社会地位如何？

答：丹麦教师不属于高收入人群，但是教师属于社会公认的很重要的职业，包括教师自己也认为自己很重要。教师的工资不与类似中国的职称挂钩，而是与经验挂钩，越有经验的教师工资越高。

"领导者要有一个唱反调的人"

2018年3月23日 星期五 阴

上午,前往 COPLA 公司参观。这是一个做儿童游乐场的著名公司。

公司的首席执行官首先对我们的到来表示欢迎。他说:"我今天给大家讲一下我们公司怎么看孩子玩。"他给我们看图片,"这是我们设计的户外游乐场。这个公司是我们两人共有的。我们俩都是学教育的,都是学怎样教孩子在游乐场玩的。我们来做设计,然后在丹麦不同的地方生产,最后由我们自己安装。我们的市场主要在丹麦,也面向德国和欧洲其他一些国家。我们刚刚走向中国的市场。我们的运作方式,是远程的工作人员分散在世界各地,靠网络联系在一起。"

然后,项目负责人 Christina 给我们作介绍。她说:"我是专业学习怎么设计游乐场的。我做设计最看重的是把自然、绿色、地形和游乐设施融为一体。这是我们的理念。焦点是按孩子的兴趣去设计,去发展。所以,我们跟政府、学校、公司合作。"

她说："在我们设计儿童游乐设施的时候，并非简单地考虑孩子怎么玩儿，还要考虑让孩子充分地发展自己，发展想象力和提升身体技能。提升所有运动方面的技能，让孩子到达他能够到达的最远边界。"

她介绍她的工作流程："我们的户外游乐设施是分区的，每个区都有目的。先要把作为游乐场的地方分区，或动或静要分开，一定要有边界。这个边界的目的是最大程度地弱化区与区之间可能产生的冲突。成人，即教师，一定有个地方可以坐下来看到所有的地方。当然，不只是有成人坐的地方，还有一个地方是孩子和成人可以一起玩的。最好的游乐场，一定是结合自然环境和职业的，而不只是一个玩的地方。在设计一个地方时一定不能忘记目标是什么。目标是教育方面的，一定要是发展的、健康的。游乐场必须让孩子能够自由地玩耍，但对老师来说，孩子一定又是可控的。如何达到这些目标呢？每个位置如何安排，然后确保不同的目的都可以在每个区实现，当然需要非常好的设施设计员设计出来。这种设计理念，应该也适用于每个家庭……"

最后她说："由此大家可以看到 COPLA 公司的愿景是什么，就是要建造一个一直在发展的游戏区，能提供给孩子高质量高价值的游戏。"

接下来，我们参观了两所幼儿园的游戏区域，都是COPLA公司设计的，这两个游戏区都体现了COPLA公司的理念。虽然场地都不大，但自然和谐，充满情趣。我也忍不住把自己当作了幼儿，滑滑梯，坐玩具车……

离开第二所幼儿园的时候，我又回头看了一眼，这才注意到这所幼儿园的门实在是破旧得很，完全不像我们国内幼儿园的门那么美观。要知道，这幼儿园是供我们这些"外国朋友"参观的啊！

中午回到学院，下午接着上昨天上午的课，授课者依然是梅特老师。

她先让大家唱一首儿歌，老师们便唱中国儿歌《数鸭子》，她虽然听不懂歌词，但被我们感染了，情不自禁地用手为我们打节奏。

放松之后，她开始上课："我反思了昨天的课堂。昨天在讲第一点（内在意识）时，其实有一个风险，就是如果过分注重自我，就会自大。所以我们必须小心，自大就会只管自己，而不管别人的需要。在丹麦目前就有这个问题，丹麦孩子自我意识太强。父母就像在玩冰壶，孩子就是冰壶。我们希望孩子也能看到别人的需要，既看到自己也看到别人。"

今天继续讲"内在成长"，但换了一个角度。用梅特老师的话说："昨天谈的对象是孩子，今天要看看我们自己：你是谁？你怎么成为领导者？我们每一个人都是自己的领导者，这不是一件容易的事。我打算还是以昨天的四个维度为顺序讲讲这个问题。"

下面是我的听课记录——

什么是领导力？首先是任务需求，要满足任务的需求。有些事情需要我们去关心去做。其次要想到我们的团队，作为一个领导者，还需考虑团队每一个人的需要。领导者还要有自信心、自我意识、专注力，获得情感方面的成长，要学会控制自己的情绪。

领导者最重要的是要有共情能力。因为领导者是一个很强势的人，有时候他不会听别人的想法。他应该要有创造力，要有好的想法，但自我管理也很重要。他的身体要强壮，有能量，能够非常友善地与同事沟通，言行一致，自己说的一定要做到，有些好的想法必须转化成行动，要有执行力。

在"我们"这部分，作为一个领导者，要让所有员工知道"这个故事推进的情节"，让员工认同并参与。和领导者最近的管理层是跟着他走的，外圈是老师。如果你真想成功，就要让最外圈的人都愿意跟你走。想法是你的，但要让所有人都跟你走。有人会质疑，会批判，这能够让我们保持清醒。所以，领导者要有一个唱反调的人。一个领导者，要描绘一幅蓝图，让员工有共同的愿景。分享文化，分享价值观。

一个领导者，如果盖一座房子，这个结构是稳定的，员工可以自由自在地在里面行动，就是一个好的领导者。如果这个结构不结实、不稳固，那就不行。好的领导，就是创造一个自由的空间，但有一个坚实的结构。（我插话："让每一个人达到孔子所说的'从心所欲，不逾矩'。"）每天的日常工作惯例，还有解决问题的会议、解决冲突的方法，也是这个"结构"的一部分。只要工作，就会有冲突，这是很正常的，不可能回避。冲突的出现，就是我们解决问题的机会。在这个规则里面是自由的。（我插话："有规则才有自由，这是不需讨论的；关键是规则的宽严度和执行的灵活度。"）

如果你要做一个好的领导者，你首先得知道你是谁，你的优势和劣势是什么，怎么调动积极方面并抑制消极方面。

"难忘今宵，
难忘今宵……"

2018年3月23日 星期五 阴

梅特老师让我们两人一组讨论，每个人都找五个词来描述自己，并找一个最能体现自己特点的动物。

我和钟磬老师一组，我找的自己的五个特点是：真诚善良，正直向上，勤奋刻苦，敏锐好思，缺乏宽容。我找的动物是蜜蜂。

分享时，梅特老师让我说。于是我说："先说优点吧，我真诚善良，这点我是问心无愧的，并以此自豪；我觉得我很正直向上，疾恶如仇，眼里容不下一粒沙子；我也很刻苦，很勤奋，时间观念很强；还有，我敏锐，善于发现一些别人可能会忽略的细节，并喜欢思考。缺点很多，但只能说五个特点，我就说一个缺点吧。我觉得我不够宽容，或者说缺乏宽容，非白即黑，与人相处不够圆融，性格太直，有时候对别人不够尊重。我给自己选的动物是蜜蜂，因为蜜蜂勤劳，它酿蜜所以善良有爱心，它有刺所以正直。"

最后梅特老师总结说："找到一个动物，就是一个新的目标。把自己潜在的东西调动起来，让自己变得快乐起来，也让孩子快乐起来。"

最后一节课，摩根院长来了，他很真诚地说，希望大家谈谈两周学习的感受，请大家提出建议，以便以后的培训做得更好。

老师们提了一些建议，比如增加一些参观考察的时间，提前把授课老师的讲课主题或其他相关资料提供给大家，这样方便学员预习，等等。

大家都表示，回国以后一定尽可能多地宣传和推广学到的东西，让安徒生国际幼儿师范学院所播下的种子在中国生根开花结果。

但说着说着，大家都情不自禁"感谢"起来了——感谢摩根院长周到细心的安排；感谢各位上课老师，他们特别敬业，特别认真，特别投入，特别真诚；感谢董瑞祥老师发起这个项目，为大家创造了到丹麦学习的机会。他们也向我表示感谢，说我平易近人。

我除了表达对摩根院长和董瑞祥老师的感谢，还感谢了翻译郭斌老师，然后我重点感谢了张燕老师："我和张燕老师是第一次认识，她不但和蔼可亲，而且有一颗知识分子的赤子之心。善良和正直，在她身上得到了最好的体现！"

晚上，学院在红楼举行结业典礼，许多外国朋友也前来参加。摩根院长给我们每一个人颁发了结业证书。

我们的节目很简单，但很受欢迎。秦晓燕教外国朋友做八段锦，钟磬和周丽英合唱《纺织姑娘》，马乐、李梦洁、钟磬、王艺蓉表演舞蹈《珊瑚颂》，钟磬演唱越剧《红楼梦》……

我们还邀请外国朋友参与抢答，比如让他们用中文说出和中国文化有关的元素，居然有一位女士说"道教""阴阳""武当"，还有一位女士撩起袖子露出胳膊上纹的太极图，把我笑死了。

让我特别惊喜和感动的是，大家还送给我一张60岁生日贺卡，上面有大家的签名和一首诗："有缘千里聚丹麦，亦师亦友学霸李，欣逢镇西逢甲子，众粉恭祝hygge！"快结束时，我即兴上场以"歌坛天王"的范儿给大家唱了一首《敢问路在何方》。最后，我们在《难忘今宵》中结束了典礼。

典礼结束了，但学员彼此之间的依依不舍之情远远没有释放完。我们转移到教室里继续"抒情"。我们围坐成一圈，摩根院长坐在我旁边。喝酒的喝酒，喝水的喝水，互致敬意。然后大家海阔天空地聊。我讲了两个关于梦想的故事后说："我最近在外面作报告，常常讲一句话——用一生的时间去寻找那个让自己吃惊的我！"董老师也给大家讲了他的梦想故事，说一定要敢想敢试，才有成功的可能。和校长感慨他这次来丹麦在思想上有了升华，我们都举杯祝福善良的他……

不知不觉已至深夜，想到明天还要赶路，大家再次表达不舍之情，聚会终于结束。

一个500多万人的国家，却有13位诺贝尔奖获得者

2018年3月24日　星期六　阴雨

早晨，天空飘起了蒙蒙细雨，与我们离别的心境倒是很吻合。

吃完饭，我们要乘车走了，摩根院长在车前和我们一一拥抱告别。我们的车穿行在校园里朝公路开去，从窗口回头看，远远地，摩根还在朝我们挥手。

田野、森林、教堂、古堡、红色小屋……窗外的一切在蒙蒙细雨中缓缓后退。

一个多小时后，我们来到著名的乐高（LEGO）游乐场。

"LEGO"在丹麦语里的含义是"玩得好""玩得开心"，这恰好是丹麦人所理解的幸福人生的含义。

以前我听说过乐高，却不知道这个词的含义和乐高玩具发明者的情况。乐高积木的发明者是奥利·柯克·克里斯琴森（Ole Kirk Christiansen），他1891年出生于丹麦比隆附近的菲尔斯哥夫村。他有一手精湛的木匠手艺，年轻时就热衷于制作各种小玩具，出自他手的小飞机、汽车、动物个个形

态逼真、惟妙惟肖。尽管他不懂经商，玩具经常滞销，但这并未使他放弃自己的爱好。后来，他设计的拼插玩具"约约"终于风靡一时。1934年，他为自己的积木玩具设计了"LEGO"商标。从此，全世界的孩子都喜欢上了积木。

丹麦人说："我们没有矿产，没有石油，我们所有的资源，就是我们的大脑。"

董老师告诉我，我们吃的蓝罐曲奇饼干、喝的嘉士伯啤酒、用的维斯塔斯风机等都来自丹麦；而这许许多多的丹麦物品制造，正是世界航运龙头——丹麦马士基公司的轮船漂洋过海运过来的。糖尿病患者用的胰岛素，也是丹麦人发明的；代表着澳大利亚形象的建筑——悉尼歌剧院，是由丹麦人约翰·伍重（Jorn Utzon）设计的。2015年丹麦人均国民收入达到了6.1万美元，全球排名位列美国（4.9万美元）、中国香港（3.4万美元）、韩国（2.1万美元）之前。

是的，除了乐高，丹麦还为世界贡献了许多著名的品牌，比如丹麦的 Arla 奶粉、爱步鞋……除此之外，丹麦还为人类贡献了许多大名鼎鼎的科学家：量子力学的奠基人、原子结构学说之父尼尔斯·玻尔，电流磁效应的发现者奥斯特，世界上第一个发现并测定光速的奥勒·罗默，世界上第一台磁性录音机的发明者波尔森，发明了光辐射疗法治疗狼疮和天花的尼尔斯·芬森，发现有关原子核结构理论的本·莫特森，阐明自然力不灭性原则的路德维格·奥古斯特·柯丁……一个 500 多万人的国家，却有 13 位诺贝尔奖获得者。

明明是一个看上去比较轻松休闲、恬淡散漫的国家，我们还曾经认为其国民由于高福利而"进取心不足"，可为什么居然有这么多伟大的创造发明？

追根寻源，尊重人性、崇尚自由而鼓励创造的教育是重要原因。

今天刚好是乐高游乐场今年第一天开业，又恰逢乐高游乐场建成 50 周年，因此开门前举行了隆重的庆典，丹麦二王子一家也前来与民同乐。今天的门票半价优惠（折合人民币 200 元）。

在乐高游乐场，有依照1∶20由乐高积木搭建而成的人物、动物、汽车、船舶、港口、飞机、机场、高楼、街道、宫殿、古堡、教堂、自由女神像等，置身于此，每一个人都感觉自己成了巨人。我和董老师、和校长、郭老师、钟老师一块游览。我们先后玩了小火车、乘船、过山车等五个项目。

晚上抵达哥本哈根，住进火车站附近的一家SAGA HOTEL 酒店。

我们出去吃晚餐，找了一家中国餐馆，吃了一碗面，95 丹麦克朗，约合人民币 100 元，相当贵。酒店一晚 600 元，相当于六碗面的价格，这在中国不可能。

晚上，我和张燕、和徊良、张银霞几位老师逛了一会儿街，随便转了一些小商店，买了少许纪念品。毕竟是首都，晚上人要多一些，夜幕下的哥本哈根古典而现代。

两周的丹麦之行，让我对丹麦这个国家有了一些肤浅的感受。

关于这个"感受"，那天在餐厅我曾和几位老师调侃："什么'幸福指数最高的国家'，我看丹麦这个国家很落后，人民也不幸福。你看，城市

建设落后，房屋简陋，公路上跑的全是破车，我们这个学院建在农村，居然连围墙都没有，他们饭也吃不起，只能吃草，吃黑面包，所以孩子都营养不良，刚出生头发就黄了！"老师们大笑。

调侃归调侃，认真说起来，平心而论，丹麦这个国家及其民众给我留下了非常美好的印象。这是一个简单、平和、朴素、友善的国家。无论是街道建筑，还是大学校园，或是乡村房舍，都很简洁，包括我们参观过的幼儿园，朴素得甚至有些寒碜，连个校门都那么随便，更别说"文化环境打造"了，没有统一的主题色调、品牌logo，而这在中国一些城市的幼儿园是"标配"。

丹麦人的生活低调节俭，在这个特别富裕的国家，我们在大街上看不到豪华轿车，也没见过浓妆艳抹、穿着华丽的丹麦女人和周身名牌、贵气四射的男人。这里的人看上去温和、恬静、淡泊、真诚，哪怕素不相识，见了你也会露出笑脸，并微微点头。那天董老师跟我说："在这里，人与人之间平等相待、互相尊重，让任何一个职业的人，哪怕是清洁工人，都自信而开朗，没有半点自卑。"那天在欧登塞我特别留意了一下，果真，大街上正在作业的市政建设工人们个个脸上都呈现出快乐、阳光。董老师还说："一个普通的工人，白天还在从事艰苦的劳动，但晚上可能已经穿着得体地坐在剧院欣赏音乐会了。"

感受最深的，还是人与人之间的关系。有一天在街上，我想找洗手间，董老师带着我来到一家餐厅，一位女服务员不懂英文，所以交流很困难，但当她明白我们的意思后，便很热情地把我们带到洗手间外。董老师说："丹麦人是很热情友好的，反而有一些中国餐馆的老板倒不太乐意中国人去用洗手间。"

张银霞老师说，她在街上遇到的丹麦人都很礼貌热情，而遇到的中国人却很冷淡。有一天，她在街上碰到几个中国人，很是惊喜，赶紧上去打招呼问好，结果对方很冷漠，充满警惕地问："你有什么事？"弄得张老师很尴尬。我想到那天在机场，座椅上所有的外国人（不一定是丹麦人）都把随行包放在脚边，可一群中国人每人坐一个位置，还要把包放在旁边椅子上占着。我和张老师走过去，很有礼貌地说："这有人坐吗？能不能把包移一移？"那几个人头也不抬，理都不理。后来我跟张老师说："都说中国人很讲人情，其实只是在熟人圈子里讲人情，陌生人之间是很冷漠的，一点人情味都没有。"张老师直说："没错！"

我当然知道中国人中也有许多善良者，我无意拿丹麦人来贬低中国人，只是朴素地想，如果在中国，普通的陌生人之间也能够真诚相待，多好！每个人在埋怨别人冷漠的时候，从自己做起，通过点点滴滴不起眼的行为，向周围的陌生人表达善意，送去温暖，我们国家每一个人的幸福指数不就上去了吗？

Part 2
再访丹麦

《皇帝的新装》里那个说真话的小男孩，就是安徒生自己

2018年10月8日 星期一 阴

我再次随"安幼"学员来到丹麦，这次是自费考察丹麦的中小学。

今天听了一位记者 Steen Ole Jørgensen 的讲座，他谈对安徒生的理解。

下面是我的课堂笔记——

我先介绍一下自己。我是一名记者，曾经在丹麦广播总局工作，也是老师，在一所普通的丹麦学校担任领导。两年前我从广播总局辞职了。辞职的原因是我想用所有的时间写书。你们要是真的努力学习丹麦语就可以读我的书了，读了我的书你们的丹麦语会突飞猛进。作为一个作家和举办讲座的人，现在我的工作就是研究安徒生对丹麦历史和文化的影响。在耶稣诞生之前的500年，欧洲就有了一种最初的民主自由的信仰。旧约时期，人们受到律法的重压管制，而新约

挣脱了这种束缚。

所谓自由，就是说人生来就应该是自由和平等的，有自由生长的空间。在丹麦，从18世纪中期开始，过去一百七八十年来，人的自由度越来越大，并被社会推崇。安徒生对此起了非常重要的作用。在我的书里，我不是把安徒生当作政治家来描述的，而是作为争取自由人权的角色来描述的，这也是安徒生对自己的定义与解读。在他的游记、诗歌、童话里，讲得最多的就是人的平等与自由。

安徒生出生于一个非常贫穷的家庭，很小就有写作天赋。他14岁那年独自去哥本哈根闯荡，在那里通过自己的努力与勤劳脱离了贫困，在那里他接触了很多与文化相关的事物。安徒生生活的那个年代，是丹麦不幸的年代，以前丹麦控制着瑞典和挪威，而当时丧失了对其控制权；但普通百姓却回到了一个相对自由的时代。

2012年，在一处私人住宅发现了一份手稿，是安徒生寄给当年欧登塞的一位邻居的书信。人们都猜测那是安徒生的手稿。经过南丹麦大学安徒生研究中心细致严谨的研究，最终认定这份手稿的确是出自安徒生之手。手稿可能是在1820—1822年期间写的，那时他只有16岁左右的样子。这份手稿看上去很孩子气，但即使是孩子气的手稿，人们还是能从他后来的童话和小说里看见他的影子。

在一首诗里，安徒生写道：光原本是干净的，但人们在使用烛光的时候，却常常让它受到污染，所以不愿意去点燃。然而人们会常常遇见小火苗，因为灯被点燃了，人们的心就被温暖了。当火苗蹿上来时，灯光就照亮了周围，也照亮了所有看见光的人。现在我找到了正确的地方去点燃蜡烛。蜡烛要在正确的地方点燃。点燃了蜡烛，人们就感到温暖，感到高兴。所有靠近灯光的人都会感到快乐。这里有一个基本的主题：有了灯光就会找到方向，有了这个光就可以分辨好和不好。

这只是一个象征。有一个灯光让我们发现善恶，有分辨能力。在我们国家，在我们的信仰里，耶稣就是我们的光。人类点的蜡烛虽然有些脏，但也可以给我们指明方向。我们可以在安徒生最初的手稿里看到这个光。

我正在读的安徒生手稿，是在很小的范围内解读安徒生。他是一个非常有人文情怀、以人为本的人。

在安徒生早年时期，丹麦非常强大。挪威、冰岛、格陵兰等都属于丹麦，在非洲和其他地方也有丹麦的殖民地。当时欧洲正处于战争之中。拿破仑想征服整个欧洲，当时丹麦的国王是站在拿破仑一边的，但拿破仑失败了，丹麦就必须进行和谈。战争之后，丹麦失去了已经统治了400多年的挪威。后来瑞典得到了挪威的统治权。这对于丹麦是一场极其严重的灾难：失去了三分之一的人口，40%的经济收入。到1813年，丹麦终于破产了。老百姓把愤怒抛向国王，当时的国王弗雷德里克六世匍匐在地向他的人民说"对不起"。因为国王这么谦卑，人民就原谅了他。这样一来，丹麦就避免了一场流血性的革命。（丹麦是欧洲唯一一个没有通过革命暴动，而直接从君主专制转向民主制的国家。）从此丹麦进入了和平的过渡时期，迎来了丹麦最好的黄金时代。从1815年开始，这个黄金时代延续了大约50年。我们在艺术、文学、政治改革方面都有很大的发展。当时在全国范围内进行着一场大讨论：我们应该如何统治和管理这个国家？

那时在德国北部有一部分和丹麦接壤的地方，德国的一部分国土夹在丹麦国土中间。丹麦和德国之间有着非常复杂的争斗，这让安徒生陷入一个尴尬的境地，因为他和德国人很友好。丹麦一方面在社会各领域有很大的发展，但另一方面在语言和其他方面与德国又有许多摩擦和争斗。安徒生不想卷入丹德之间的争斗，他最亲近的交往圈在德国，他的著作最早也是在德国产生影响的。在政治争斗中，关于民主、国土等，安徒生都处于非常尴尬的境地。关于民主的争战，不仅发生在丹麦，也发生在整个欧洲。以前一直是国王决定一切，但人民想把王权废除，争取民主。当时很多人愿意归属于德国，有一小半的丹麦人属于德国，一大半的经济属于德国。人们每天思考是当丹麦人还是当德国人。在这争战中，语言、经济、身份都让很多人进退两难，面临一个选择。

格隆维、安徒生、克尔凯郭尔是丹麦同一时期的三位思想家。格隆维是丹麦的现代之父、教育家、神学家；安徒生是价值观战士和人文主义者；而大哲学家克尔凯郭尔不喜欢民主，他批评安徒生的思想与作品毫无价值。安徒生曾经试图获得格隆维的友谊，但被格隆维拒绝了。格隆维曾经在街上遇见克尔凯郭尔，两个人在街上就打起架来。

我们不能仅仅闭锁在安徒生的童话里，还要了解他写这些童话故事的年代和史实，这是很艰难的争斗，像拳击一样。虽然丹麦是一个微不足道的小国，但却是欧洲唯一一个和平地从君主专制走向民主的、没有流血的国家，推行民主的过程实际上是一场和平演变。那时全民都在讨论国家应该有什么样的制度。而在这之前人们却生活在非常艰难的君主专制时代，如果人们批评国王就会引来砍头之祸。但人们还是要发出声音，因为那时人民已经争取到了言论自由。结果就是，今天我们每一个人都可以平等对话。

丹麦的民主进程有一个很长的过程。在丹麦的民主社会里，我们都可以自由地思考和发表言论，可以自由地做自己想做的事情。这就是安徒生教育观念和他作品的思想基础。他为孩子们写书，开启孩子们的想象力和创造性思维。当孩子们感到自由快乐时，就会自由快乐地表达对事物的喜欢或批评。政府不会在干涉你、控制你。不同年龄段的每一个丹麦人，都是生而平等的。安徒生不是政治家，他是为自由和人性价值奋斗的战士。

格隆维是神学家、诗人；克尔凯郭尔是哲学家，他不考虑国家，只考虑人本身。格隆维是建立民主制度的关键人物。克尔凯郭尔则从人的本位出发，是向内思考。这两位大思想家之间，夹着安徒生。1830—1840年的社会争论中，那两个人发表了许多关于宗教、人本的观点，安徒生将这两人的观点都综合进了他的童话里。

"政治不是我考虑的事情，在政治的范围内没有我的立足点。人们会选出他们的政治家，我只是一个作家。"1845年，安徒生写了《卖火柴的小女孩》，他虽然自称不是政治家，但他通过童话表达自己的政治观。在这篇童话里，安徒生表达了他对弱小群体的同情与关怀。1852年，安徒生写了《她不配》，这个童话讲的是他母亲的故事。她以给富人洗衣服而糊口，因为在河水里洗衣服需要靠喝酒来取暖，最后她死于酗酒。付丧葬费的富人说：她根本不值得我为她付丧葬费。1837年，安徒生写了《皇帝的新装》，他把自己写进了那个小男孩，那个小男孩就是安徒生自己。只有从孩子眼里，我们才可以看到一个真实的世界。

1843年，安徒生写了童话《夜莺》，是写中国皇帝的。这个中国皇帝听到他的花园里有夜莺唱歌，就派仆人去找，仆人们也成功找到了。当夜莺开始唱歌的时候，皇帝就感动得流泪，夜莺便唱得更加美妙。后来皇帝收到一个从日本寄来的包裹，里面有一个人工夜莺，就是音乐盒，它不停地歌唱。听到假夜莺歌唱后，皇帝便让真夜莺走了。因为皇帝的恩宠，这只夜莺的身价也提高了，它每次出行都有12个仆人跟随。每一个仆人手上都有一条金绳子，可见皇帝并不是真的给夜莺以自由。后来皇帝生了重病，所有人都认为皇帝要死了，甚至有些人认为皇帝已经死了。他们以为会迎来新的皇帝。但皇帝没有死，他看着音乐盒大喊大叫。可音乐盒已经坏了。这时候，真夜莺在外面的树上开始唱歌，它专为皇帝唱歌，一直唱到皇帝睡着了，第二天皇帝醒来后就康复了。然而，皇帝发现周围的仆人都走光了。于是，皇帝对夜莺说："你一直都要跟我在一起，你想唱就唱，我要把假夜莺砸成碎片。"然而真夜莺却说不能砸,因为音乐盒已经尽其所能做到了最好。夜莺告诉皇帝:"等我有空的时候来给你唱歌,但你不能给我限制条件,不要约束我。"这是皇帝和夜莺之间的秘密。从那时起夜莺就获得了完全的自由。当所有仆人以为老皇帝已经死去,新皇帝已经登基,都重新回来了,老皇帝说:"你们走吧!"安徒生用这个童话表达什么是真正的自由。

当时有人控告安徒生不是丹麦人,不维护丹麦的利益。就像现在川普批评一些美国人不是美国人,因为他们不愿意保护美国的利益。在很长一段时间里,安徒生觉得是自己的错,他承认人家对他的控告。他当时在日记里写的内容是有违丹麦利益的,他愿意承担责任。于是他写了一首歌《我出生在丹麦》,以此向公众表明"我是丹麦人","我爱我的祖国"。通过这首歌他百分之百地确认"我就是丹麦人"。写了这首歌后德国人对他又不满了,许多德国朋友都拒绝他,当面批评他,因为他当时在德国。但因为这首歌,所有丹麦人都尊敬他。

安徒生曾向格隆维示好,格隆维是当时非常有影响力的神学家。但在丹麦是政教分开的。格隆维拒绝了安徒生的示好。作为一位神学家,他并不完全认同安徒生对宗教的解读。安徒生不相信复活,他把耶稣当作普通人来看,是一个人道主义者,或者说人类的精神领袖,但他没有神性,安徒生对基督信仰的这种理解与认知违背了基督教的基本原则。所以格隆维拒绝了安徒生的示好。

我再讲一个故事《区别》,这是安徒生1851年写的。安徒生写了许多自然界的东西。这里他写了长满花苞的苹果枝。苹果枝看不上田里、沟里丛生的那些花儿,认为它们像野草一样,连名字都很丑。它庆幸自己不是它们这类植物中的一种。但太阳光吻着盛开的苹果枝,也吻着田野里那些微贱的花儿。造物主将苹果枝创造得漂亮可爱,不过,那些不起眼的花儿也以另一种方式从上天得到了同样多的恩惠。两者虽有区别,但都是美的王国里的孩子。这个故事就是说,大家都平等。苹果枝也好,野花也罢,大家有区别，但都是平等的。

我把安徒生当作教育者，这些教育观在安徒生童话里有表达。安徒生的故事都是为了启发孩子们的，启发孩子们的想象力和创造性。没有权力的干涉，没有制度的干涉。这是我们内心深处对孩子的信任。这是安徒生在孩子睡前给孩子讲故事。安徒生写了他的人生信条，有28条，都是表达自己的思想。第一就是对孩子的爱是最重要的。第二要有趣，要创造一种好的氛围。在这过程中，他自己也很愉快，他在给孩子讲故事的时候他自己也变成了孩子。他表扬自己，在日记里写道：孩子们吻我，孩子们特别喜欢我。我站起来的时候，孩子们都哭了。你们应该在工作中展示你们的爱，为了让孩子们愉快高兴，你们要非常努力。当孩子们离开你的时候都哭了，那你可以在任何幼儿园找到工作！

他不是为所有孩子都当面讲过故事，而只是为能见到的一部分贫苦孩子讲过。许多人都邀请安徒生，安徒生很高兴，邀请他的人也很高兴。无论他怎么表扬自己，他都不高看自己，永远给孩子们带去快乐。亲爱的中国朋友们，当我们选择了教育这个职业，我们可以有两个方向：一个是引导孩子成为好公民，循规蹈矩的所谓"好公民"，丹麦的早期教育都是这样的；另一个是现在根据孩子的兴趣来塑造他们，教孩子一些有益的东西，激发他们的活力，让他们不仅仅成为好公民，还成为他们自己，成为社会的一分子。安徒生就是属于第二个方向的。他为孩子写作，在成人和孩子之间创造信任的空间。这样孩子就可以向成人世界完全打开自己。

最后举一个例子，上周丹麦著名的歌星 Kim Larsen 去世了，他去世时 72 岁，你们昨天在机场被接到的时候，有五万人在聚会纪念他，在丹麦这是很多人了。大家一起唱他的歌。但是 Kim Larsen 生前拒绝了皇家授予的荣誉。他和安徒生一样是一位伟大的教育者。

希望大家读一点格隆维，读一点克尔凯郭尔，读一点安徒生，把 Kim Larsen 的歌本带回去。

"无论是读职业学校，还是读高中考大学，都是孩子自己决定"
——访斯莱特学校（上）

2018年10月10日 星期三 晴

早晨7点10分，郭斌老师开车来接我去斯莱特学校（Sletten Skole）。郭斌老师的老家是成都，但她来丹麦已经多年。她曾经在外企担任高管，现在从事有关教育方面的工作，也是"安幼"的老师。

今天和她一起陪我访问这所学校的，还有丽萨女士，她是丹麦一家终身学习机构的创始人，目前专注于中丹之间的文化和教育交流。今天这所学校，就是她为我安排联系的。

斯莱特学校是一所学制九年的普通学校——丹麦的小学和初中都是连贯的，没有单独的小学和初中，也没有所谓的重点学校和非重点学校，因此这所学校是很具有代表性的。不到8点，我们的车停在了学校外面。我看到有许多学生已经到达学校，无论是大孩子还是小朋友，或骑自行车或步

行，都是自己背着书包到学校来，我没有看到一个送孩子上学的家长。

学校分管国际部的负责人 Morten Lorentzen 老师和一位名叫 Sara 的女孩接待我们。Sara 是八年级的学生，今年 14 岁。Morten 老师介绍说，Sara 是学生会主席。

听了郭老师的翻译，我心里有些诧异：丹麦也有我们中国所说的"学生会"？我问郭老师："丹麦也叫'学生会主席'吗？"她说："丹麦语是 elevrådsformand，翻译成英语为 student council chairman，那么中文翻译就是学生会主席。"

我和 Sara 简单聊了几句。

我问："你是如何被选出来的？"

她说："先从每一个班选出一个候选人，每一个候选人都是本班学生投票选举出来的，然后把所有候选人放在一起，在全校重新再选一次，选出最后的学生会主席。"

我笑了："看来你是民选的主席了！"

她也笑了，有些羞涩。

我追问:"学生选出的人学校都同意吗?"

她说:"嗯,我们这个选举都是我们自己的事。当然,我们有些想法也会跟学校交流,如果我们的倡议不可行,学校也会给我们建议。"

说着,8点15分了,Morten老师请我去看他们1—6年级孩子唱歌。

我们来到一个类似于室内体育馆的场所,里面已经站满了小朋友们。先是校长跟他们介绍我,我也听不懂丹麦语,但很快孩子们都鼓掌了,对我表示欢迎。然后他们开始唱歌,声音稚嫩、清澈、和谐。郭老师告诉我,歌词大意是歌颂自然,歌颂生命。

唱完歌,孩子们又开始随着大屏幕上视频里的领舞者扭动腰肢,挥舞双臂,蹦蹦跳跳。气氛极为欢快。Sara也站在边上跟着跳,老师们也跟着跳。我注意到,在队伍的最前面,有一个坐着轮椅的小男孩。唱歌的时候他也一起唱,跳舞的时候他也随着节拍舞动双手。我听说过,在丹麦对学生的关注落实到了每一个人,尤其是对残疾儿童的关怀更是无微不至,不让他感到丝毫不方便或受冷落。包括今天这种集体活动,让每一个孩子都参加。

我问 Morten 老师学校有多少学生，他说有 200 多人，每一个班 20 个左右。他又跟我解释，学生们在这里唱歌、跳舞，这种形式就是让不同年级不同班级的孩子有一个互相认识、一起活动的机会，不然平时每个孩子都在自己的教室里，和其他孩子互不认识。而通过这个活动能让孩子们对学校产生归属感，在快乐中认同学校。另外，这个环节其实也是让孩子从家里到学校有一个过渡，包括一些孩子可能会迟到几分钟，没关系，反正大家都在唱歌跳舞，还没有开始上课。

我问 Sara："我看你也在旁边唱和跳，你低年级的时候也到这里来唱歌跳舞吗？"

她说是的，她一年级就在这里读书，从 1—6 年级每天早晨都有这个活动，7—9 年级的同学则每周一次。所以她会唱也会跳。

集会结束后，孩子们开始在学校跑步。Morten 老师说，这些孩子跑步也是在做公益。我问怎么"做公益"。他说，孩子们跑一圈或两圈三圈等，都有"报酬"。这个"报酬"实际上就是他们自己去筹款。比如，他们跑了一圈，爸爸妈妈或爷爷奶奶等就会给他们一些钱，跑得越多筹款当然就越多。这笔钱统一交给学校，专门用于帮助需要帮助的人，或捐给社会公益项目。

在和 Morten 老师聊的时候，一群群的孩子从我们身边跑过，或三五个，或一两个，包括低年级的小家伙，跑得特别带劲。当他们跑进阳光里的时候，逆光为他们瘦小的身姿画上金色的轮廓，于是阳光也跳跃起来。

看完跑步，我们又回到刚才的房间里。Sara 很大方地接受我的采访。我问她："平时作业多吗？"她说："没有课外作业。"我又问："那你课余做什么呢？"她说："我就做我喜欢做的事。放学后我会参加许多课外活动，我喜欢唱歌，喜欢跳舞。"

Morten 老师补充说："Sara 是一个在唱歌跳舞方面很有天赋的孩子，歌唱得非常好。"

她又说："当然对于我感兴趣的话题，我会花很多精力去做，比如课

堂上学的东西我还需要回家查资料等，但这是我愿意的，没有被动强迫的感觉，没有压力。"

  Morten 老师说，大概十年前学生的家庭作业也比较多，后来经过跟踪调查研究发现，学生的学业、能力提升与否与家庭作业的多少并没有必然的关系，相反，家庭作业多还会妨碍他们综合素质的提升，甚至可以说家庭作业没有什么益处。因此，现在倡导学生在学校就集中精力学习，回家后便做他们感兴趣的事。

  我又问 Sara："作为学生会主席，你平时都做些什么呢？"

  她说："我主要是了解和搜集同学们对学校的意见，还有我们的需求，然后把这些整理出来，和其他几位副主席一起与学校沟通。如果没有谈好，还要和学校约定下一次沟通时间。这些组织工作都是我的任务。"

  我问她："你对中国教育有了解吗？"

  她说："我感觉中国的学生学业负担比较重，很不容易。"

  我问："你怎么知道的呢？"

  她说她是通过一些书籍还有网络上的资料，包括一些关于中国的纪录片，得到的这些印象。

因为她得去上课了，所以很有礼貌地向我们告辞。

Morten 老师在和我们聊天时说到"十年级"，我很好奇："什么叫'十年级'？学生不是九年级就毕业读高中了吗？"

他说："十年级，就是初中和高中之间的过渡阶段。有的孩子还没有调整好，还没有想好自己将来做什么，还没有作好读高中或者读其他学校的思想准备，好，我们就给他们一年的调整时间。"

我问："那这一年学什么呢？"

他说："一样开课，各学科知识都有，也许学生过去学得不够好，通过十年级的学习能把这些知识学得更扎实些。"

我说："相当于补习班，重读一个初三。"

他说："不是。学业是一方面，让学生学得不那么急，一下子就读高中，给他们一个缓冲。更重要的是，作为人来说，学生也需要思考，把自己未来做什么想透，然后再作选择。因为接下去的学段又是一个人生阶段。这是让没有思想准备的学生缓一年，好好想想。"

我问："每一个学生都这样吗？"

"不，由学生自由选择。有的学生直接就读高中了。"Morten 老师说，"由本人提出申请，家长和老师，包括任课老师，都要帮着孩子分析，当然最主要是学生自己决定。从八年级开始就帮助学生进行综合评估，学习分数是一个方面，但不完全看分数，还要看学生的行为举止、个性发展、精神状态等，是不是具备了作为一个人应有的成熟和健全。如果没问题，那就直接上高中，如果觉得还不行，那就缓一年，读十年级。专门有一个顾问或者导师负责帮学生评估。"

我问："我还是关心，这十年级具体开的课程有哪些？"

Morten 老师说："十年级开的课和九年级差不多，但不是重复教学，可能授课方式不同，更有个体针对性，让学生把以前没有学好的学得更好，最主要的是关注学生的成熟度，包括行为举止的成熟度，让学生在学业和心智方面同时成长，能够更健康更从容更自信地进入高中。"

Morten 老师又专门解释说："其实学生读完九年级后，除了直接读高中，还有两个选择，一个就是读十年级，还有一个是读青年学校，注意，还不是高中。这也是让学生有一个过渡。青年学校是专门针对青春期孩子开设的，也是让他们学业和心智更成熟。"

我有点糊涂了，问："十年级和青年学校，都是让学生在九年级和高中之间有一个过渡，那这两者的区别在哪里呢？"

Morten 老师说："十年级开设的课程和九年级没什么不同，而青年学校开设的课程更注重学生的兴趣方向，比如有运动方面的课程，有音乐或其他艺术门类的课程，甚至学生喜欢玩电子游戏，也开设这方面的课程，有电子竞技的课，还有机械制作方面的课程，让学生把青春期的能量释放出来。另外，十年级的学生不住校，而青年学校的学生都住校。青年学校是为特别想挣脱家庭进入社会的孩子提供成长帮助的。青春期的孩子不愿意跟家长沟通，觉得家长什么也不懂，但他们进入社会又显得特别稚嫩，青年学校的老师会给他们许多帮助。"

我问："不是每一个九年级的学生都必然进入这个过渡阶段，是吧？"

Morten 老师说："是的，多数学生就直接读高中了。读十年级是免费的，但上青年学校是要交费的，这不是义务教育。这是为学生多提供一种选择。"

我问："上十年级或读青年学校的人占九年级毕业生的比例大概是多少呢？"

Morten 老师说："有一个总的数据，74% 的学生读完九年级后直接读高中，另外 26% 是读十年级或青年学校。但因为每个地方不一样，这个比例也有所不同。我的孩子就是直接读高中的，多数孩子都是直接读高中。过去也没有十年级和青年学校，这种形式是后来出现的。青年学校帮助学生找到自己的兴趣爱好，给学生提供多种发展方向，比如学生喜欢木工、喜欢花卉等，就开这方面的课程，然后在职业方面去引导学生，看他们将来适合做什么。有的学生喜欢电脑游戏，就让他专业地玩电子游戏；有的喜欢修车，那就让他体验修车。他们可能暂时不读高中，不上大学，而是读完青年学校就读职业学校了，当然以后也还可以读大学。在丹麦这些渠道都是畅通的。也就是说，学生读了职业学校之后，如果兴趣改变，将来还有机会读成人高中，之后同样可以读大学。丹麦大学什么年龄的人都可以读，因为我们倡导终身学习。政治家也不希望大家都去读大学，因为国家也需要工匠。"

我问："青年学校的学制是几年？"

Morten 老师说："一年。也有学业课程，也要考试的。不是说读了青年学校，就不要学业而天天玩自己感兴趣的，那只是一个方面，但所有学业都还得学，因为有孩子还要读高中的，学业不能中断。"

我问："您刚才说读十年级是免费的，但上青年学校是收费的，那收多少呢？"

Morten 老师说："是的，上青年学校是收费的，而且很贵，一年大概八九万（相当于人民币八九万），但不同的家庭可以获得不同的补助。"

"另外，还有学生读完九年级可能会选择读职业学校。"Morten 老师说，"从八年级开始，我们就要带学生去各职业学校参观，喜欢做头发的就去参观美发学校，喜欢修汽车的就去参观汽修学校。我们要让孩子们知道并熟悉他们感兴趣的行业，而且去体验，便于他们作出选择。这也是他们的一种知情权，我们应该尊重。如果学生真的对某个职业感兴趣，我们还会让他跟班听课三天，让他真正了解这个职业，才好最终作决定。"

我问："是你们学校或者北菲茵才这样，还是全丹麦都这样？"

他说："都是这样的，当然也许呈现的方式有所区别，但都得引导学生在7—9年级开始初步的人生选择，一定要让不同兴趣爱好的学生去体验一些不同的职业。无论是读职业学校，还是读高中考大学，都是孩子自己决定，因此必须让他们有足够的了解。"

他说："青年学校还有一个意义就是，让孩子明白自己将来最适合做什么。国家也在引导教育的方向，就是让学生分流。以前都是大量的学生读高中，读高中就意味着读大学，读大学主要是做学术研究，但并不是每一个学生都适合读大学，有的就适合做木匠或者铁匠。因此，青年学校就给孩子提供各种机会，让他们明白自己将来适合做什么，也许自己更适合做家具、修汽车。这样学生可以选择不读高中，而读职业学校。当然，如果以后还想读大学，那也可以读大学，不过是比其他人晚点而已。"

我问："现在丹麦有多少这种青年学校？"

他说："246 所，去年大概有两万八到三万学生选择青年学校。"

聊着聊着，上课时间到了，我们去听课。

"培养公民，就是一个教育者最大的自豪！"
——访斯莱特学校（中）

2018年10月10日 星期三 晴

我们来到九年级 A 班的教室，Brian Andersen 老师正在讲民主辩论和民主运动，有两个讨论的话题：一个是关于人口贩卖，另一个是关于废除死刑。学生们分组讨论，发言者手里拿着一个球，他说完了，便把球扔给另外一个同学，那个同学接到球便发表自己的观点。各个小组都在认真讨论，课堂气氛比较热烈。最后是老师统计各方观点的人数，让同学们举手表达意愿，比如同意废除死刑的人有多少，赞成死刑的人有多少，学生们举起手中不同颜色的纸牌表达自己的意愿。

下课后，通过翻译和 Brian 老师交流，我才知道原来这是一堂英语课！他们的母语是丹麦语，所以英语课也是他们的"外语课"。我说："我还以为是一堂社会课，或类似于我

们中国的政治课，原来是英语课。既然是英语课，为什么不进行语言训练，而要讨论这些社会政治话题呢？"

他说："我不对他们的观点作任何评价，话题只是一个工具，或者说一个载体，他们怎么想我不管，无论是人口贩卖还是废除死刑，在我这里都没有标准答案，这是开放性的话题。我只看他们用英语表达这些观点是否正确。语言不能简单孤立地学，必须在生活情境中学，在自然而然的运用中学。"

我说："通过这种方式，既训练他们的语言，又训练他们的思维，更扩大他们的视野。是吧？"

他说："正是。我不是为考试去设计教学，要让学生在思考中锻炼自己的语言能力，用英语表达观点，就是我们要培养学生的一种技能。同时，这种话题对于学生来说也是有用的。当然要训练语言，但更要培养思维习惯。这些讨论是开放性的，让他们形成思辨能力。"

我想到这是九年级的学生，便问："这些学生已经有一定的语言积累了，但对低年级的学生来说，恐怕仅仅用这种方式教学就不太合适吧？"

他说:"低年级和高年级的教学肯定是不一样的,低年级要让学生具备基本的语言技能,需要词汇积累,也要讲语法,但更重要的是,一定要让学生把语言作为一种手段,让学生运用语言表达观点。"

说到对学生的考核,Brian 老师说主要是根据每一个学生的情况来考核,看学生的语言能力是否有所提高。比如他会给学生一些资料,看学生的理解能力,能否自如地运用英语表达观点,包括语言的准确度……这些都可以看出学生的英语能力。

他一边说,一边拿出一个评分表给我看,上面有每一个学生的打分情况,而且都分类评分,比如有听力,有阅读,等等。他不是统一打分,而是根据每一个学生的特点来考核。这些考核,都是根据自己的判断给分。

我还想问"操作性",比如怎么根据每一个学生的特点来考核,完全根据自己的判断给分是不是太主观了。后来想算了,我又不是教英语的,越问越细,反而把有限的时间耽误了。

说到分数,Brian 老师补充道:"这个分数只是帮助我们了解学生的一个参考,孩子不是被分数激励的,他们完全可以不在乎这个分数,而且大多数孩子的确是不在乎分数的。如果有学生不想学习这门课,我不会用分数去'激励'他,而是和他的父母,还有他的其他老师一起来商量,用一种适合他的方式去教他。同一个方式并非对所有孩子都是适用的。我不知道什么是最好的方式,但我会根据学生的情况不断去努力适应他们。"

不断适应学生,而不是让学生适应老师,这是最触动我的一点。

和 Brian 老师交流完,两个中年男子走过来,面带微笑地和我打招呼、握手。原来这是他们的校长 Mads Arvidsen 和分管教学的副校长 Anders Mikkelsen。他俩把我带到一个会议室,并解释说:"本来应该在办公室正式接待您,但因为办公室正在装修,很抱歉只能在这里接待您了。"

我说:"没关系,这里很好的。"

Mads 校长说他看过我的有关资料，知道我也是一个教育者，出版了不少著作，愿意回答我关心的问题。

我问有多少时间可以交流。他说："45 分钟。"

我先问 Mads 校长学校的规模，他说："学校招收的是 0～16 岁的学生，共 800 个学生，除了这个校区，还有两个校区。"

"有多少老师呢？"

"上课的老师有 60 个，还有 40 个辅助老师，也是教育者，只是不上课，他们负责学生的课外社团、各种俱乐部等。在低年级，这些辅助老师还要在教室里配合上课老师的教学。"

我问："辅助老师帮助上课老师什么呢？"

他说："如果一个孩子情绪不好，不想上课，来了心情也不好，辅助老师就会去帮助这个孩子，开导他。"

郭斌老师特别跟我解释，所谓"辅助老师"可以直接翻译成"教育者"，他就是教育者，只是不上课。

我问："每个班都有两个老师吗？一个上课老师，一个辅助老师？"

他说："我们的规定是每个班不能超过 28 个人，只要班额突破 28 个，就得分为两个班。另外，如果班额比较大，比如超过 20 个，就一定要安排两个老师。一个上课，一个辅助。"

我又问："我们中国的学校有班主任，丹麦的学校有班主任吗？"

他回答说："有的。为了保持对孩子教育的连续性，1—3 年级、4—6 年级、7—9 年级都不换班主任，也就是说，一个班主任得陪学生三年。一般来说，班主任由教语言和教数学的老师担任。"

他还介绍说，为了不让一个班主任承担所有的负担，每个班都安排了两个班主任，分担学生的教育工作，当然以其中一个班主任为主。

我想，这和中国差不多嘛！以前曾经听一些专家说，"班主任"是中国特色，最早是从苏联学来的，资本主义国家没有"班主任"一说。看来这个判断是片面的。几年前我在韩国，也请教过当地的老师，问韩国有没有班主任，答案也是肯定的。

我问："您作为校长，平时考虑最多的问题是什么？"

Mads 校长回答说："我的副校长 Anders 面对学生，面对老师，面对家长，面对课堂。而我作为校长，面对的是当地政府，每年政府给我 5500 万丹麦克朗，如何让我的学校做得最好，达到最好的效果，这是我平时考虑最多的问题。当然，学校其他方面虽然由我的副校长分管，但我们是一个管理团队，重大事情我们都要一起研究商量。比如昨天就发生了一件非常麻烦的事，我就得出面和家长打电话沟通。虽然事情只发生在一个孩子身上，但处理不好会影响整个学校，所以我们必须和整个管理团队沟通交流。"

我心想，和中国校长也差不多嘛！

我又问："你对学校管理有多大的自由？比如学校发展的规划，课程设置，等等。"

他回答："教育部有国家的要求，地方政府也有要求，但这些要求是一个宽泛的原则，只是一个要达到的目标和水平。我会根据这些目标制订我的学校发展计划，但是，具体开设什么课程，用什么教材，怎么教，完全是老师自己的事。我不管老师们用什么教材。我们会提供给他们许多教材，让他们自己选择。"

我问："如果老师在这些教材范围里选不出他满意的，他可不可以自己开发教材，甚至自己决定开设一门课？"

他回答："当然可以。比如开学时，有老师说丹麦语这样上不好，这种教材也不好，他想以自己的方式用另外更好的课程和教材，我当然会给老师这种自由。但我会经常走进这个老师的课堂。这个班级为达到目标所采用的方法，不是我的任务，是老师的任务，老师怀着责任感去教就行了，只要他能够达到教育目标。"

我问："你们如何管理教师呢？如果对教师不满意可以解聘吗？"

他回答："我们是公办学校，但我是校长，老师在这里工作，都是我雇佣的，如果对老师不满意，我是可以解雇的。这是我的责任，我必须保证每一个老师都是合格的。"

我问："丹麦有职称评定和评优选先之类的事吗？"

他回答："没有。"

我问："没有这些激励措施，那你如何保证你的老师的责任心和专业能力呢？"

他回答说："打个比方吧，我会把有经验的老师和缺乏经验的老师组合在一起，让有经验的老师去带一带没有经验的老师，帮助后者提升。当然，学校里哪个老师强，哪个老师弱，我心中是有数的。我经常跟老师进行一对一的对话交流，我会利用这种交流的机会，把我的赞赏或我的建议传达给他，鼓励或帮助他。在下一年制订学校计划的时候，我会把许多优秀老师的建议和想法写进去，让他们以这种方式参与学校发展，他们会觉得自己被欣赏。"

我问："如果遇到确实不负责任或者经过努力也无法达到教学要求的老师，怎么办？"

他说："这样的老师肯定有。我会给他机会，分管校长会找他谈话，给他指出问题，提出改进的建议，我也会找他谈话。不会一下就解雇。但如果实在不行，那我肯定不会再用了，我会亲自找他谈，告诉他不适合在这里工作了。但丹麦有强大的工会，会维护每一个老师的权益，比如工会规定，被解雇的老师根据一定的工作年限，会得到六个月的工资，让他有半年的时间找下一个工作，所以不会把老师一下子推向极端的境地。我的压力不大。当然，有时候被解雇的老师不一定都是不称职的，也可能是因为预算不够，不得不减少老师。"

我问："教师之间的工资有差别吗？"

他说："在丹麦，校长无权决定老师的工资是多少，每个老师所教的年级和科目如果相同，那工资是一样的。12年中，老师的工资有三个晋升的阶梯，只要没有大的失误，到了一定阶段，自然就晋升。只要没有大的问题，根据工作年限老师的工资自然增长，所以我没有压力。"

我问："教师的工资在社会上属于哪种档次？"

他回答："属于中等吧，比医生、警察高。我们老师都为自己的职业感到骄傲，感觉社会地位不错。当然，我们是民主国家，媒体上什么声音都有，也常常批评我们公立学校的老师。这很正常。但总体上讲，我们还是很受尊重的。我们这个职业很有安全感，整个保障体系也很完整。"

我问："教师的工资都一样，也没有额外的奖励，那他们从事教育工作的动力从哪里来？"

他看了看我，然后非常郑重地说："我们的老师，作为公立学校的教育者，的确特别为自己的工作自豪，他们是把我们一代一代的孩子塑造成适合民主社会的公民。到学生毕业的时候，他们已经是丹麦的公民，这就是我和我们的老师，作为丹麦公民，觉得最有意义的事情，这就是最大的激励！培养公民，就是一个教育者最大的自豪！"

"培养公民，就是一个教育者最大的自豪！"听到这里，我热血沸腾。

"学生脸上充满微笑，这就是对我最大的奖赏"

——访斯莱特学校（下）

2018年10月10日 星期三 晴

告别了校长，我又来到一个教室听课。这是一节数学课，主要内容是关于数学和 IT 的结合。学生依然分小组围坐在一块儿。有两个老师，Jytte Damgaard 和 Troels Mortensen，但他俩都没有讲课，而是巡回与个别学生交流，估计是在指导或答疑。郭斌老师的孩子也在这所学校读书，她告诉我，这里的课堂很少有老师长时间讲的时候，都是启发学生自己学习。她指着两个老师说，那个高高的胖胖的老师是主课老师 Jytte，另一个年轻点的男老师 Troels 是协助教学的老师。

我特别注意到，每一个小组的桌子上都有一个麦克风，而教室黑板的一侧安装有一个像喇叭一样的特别设备。Jytte 老师脖子上也挂着一个麦克风。郭斌老师告诉我，靠近那个设备的一个孩子完全没有听力，为了让这个孩子能够听到声音，全班同学都用麦克风发言，声音通过黑板边的设备传到他的耳朵里。

这就是中国教育者经常说的"为了每一个孩子"。

课间，我们和 Jytte 老师聊了一会儿。她说这个班是"自然与科学"。我没听懂，什么"这个班是'自然与科学'"？

郭斌老师向我解释道："这所学校的 7—9 年级每个年级的三个班，都分了三个不同的方向——自然与科学、语言与文化、表演与艺术。所谓'自然与科学'，不是说他们学的和另外两个班的课程不一样，三个班的基本课程都是一样的，只是他们除了统一的课程还有侧重的方向。不同方向的班每周都有三个小时做和他们所选方向相关的事，基础课程都一样，比如丹麦语、数学等都一样学。这个班侧重于自然与科学。另外两个班就还要做跟语言与文化或者表演与艺术相关的事。"

我问："所学的统一课程要求都一样吗？比如这个班是自然与科学，那数学是不是就要学得多一些，或者深一些呢？"

Jytte 老师说："不是，都是一样的程度。但是，比如同样是学数学，我会让我的学生更多地从自然与科学的角度理解数学。我同时又教他们物理和生物，我会让学生多角度地去理解数学。所以，不是多学，而是多角度地学。"

我问："我看教室里有两个老师，有什么分工吗？"

她回答："学生的数学程度是不一样的，我俩会分工指导不同的学生，互不干扰，但让所有学生都能够向前推进学习。否则，如果都一样要求，那学得好的和比较弱的都学不好，都会受影响，最后都没兴趣。我们课前都会给学生一个学习单，有的是动手实践，有的是理论学习，这是要达到的目标，但每一个学生的情况不一样，有的可能已经完成了理论学习而进入动手实践了，但有的学生还在理论学习阶段，我们就要分别予以帮助。"

我问："这样的教学，对您最大的挑战是什么？"

她说："我已经教书32年了，对我来说最重要的不是传授知识，而是找到每一个孩子怎么学最有效的方法。我必须去观察和了解。我必须根据我对学生的了解为他们提供最适合他们学习的方式，这是对我来说最大的挑战。所以，我必须用眼睛看每一个孩子，然后给他最适合的指导。我给每一个孩子的建议，都是不一样的。这就要求我必须有足够的知识量，同时我还得了解孩子的心理，我得了解他们在课堂上的状态、接受程度，得去引导他们。我不是在单纯地教知识，而是在用最适合学生的方式引导他们。最重要的不是教会孩子知识，而是教会他们如何获取知识。知识不是最重要的，孩子永远是最重要的。怎样才能让孩子发展得最好，这是最重要的。"

我问:"您认为在这过程中,作为教师最重要的品质是什么?"

她说:"温暖和爱。不要让孩子感觉老师对他失望,而要让孩子感受到老师的鼓励,这种充满温暖和爱的鼓励对孩子特别重要。"

这时候我们身旁走过一个女孩,看样子是中东来的学生。她就顺便举例说:"有的孩子从别地移民或者是作为难民过来的,如果从低年级就过来还好,除了语言障碍,其他学习都没大的问题,但从高年级过来就不好了,学习进度都不一样。比如刚才走过去的那个孩子来自叙利亚,到丹麦已经两年半。当初的数学成绩和别人差距太大,但是这个孩子现在的数学水平已经跟别人一样了。为了这个女孩,我花了好多好多时间和精力,就为了帮助她提高数学成绩。我现在特别高兴的就是她已经跟其他学生的数学一样好了。"

我问:"您给这些学生花额外的时间和精力辅导,学校给您额外的报酬吗?"

她笑了:"没有。学生成绩提高之后脸上的微笑,对我来说就是最大的报酬。我看到孩子们刚进来的时候,成绩不好,没有自信心,可是离开我的时候,成绩提高了,我很欣慰。学生离开我以后,不管他们从事什么职业,面对社会挑战时充满自信,作为公民,他们能够为国家和社会尽自己的一份力,然后一代一代回来看我,脸上充满微笑,这就是对我最大的奖赏。我希望我能够看到更多这样的微笑。"

丽萨的眼泪一下就流下来了,她一边擦眼泪一边翻译。

我禁不住对 Jytte 老师说:"您很伟大!"

她说:"谢谢!我是一个用心做教师的人。"

我说:"我也是。"

我俩紧紧握手,拍了张合影。

午餐时间到了,郭斌老师请我到她家"简单吃点",因为是老朋友了,我也就没客气,跟她上了车,5分钟便到了。这是一幢独立的房子。坐在房间里,落地窗外阳光明媚,原野辽阔。

回到学校，孩子们正在校园里嬉戏。几个孩子看见我这个外国人特别兴奋。其中一个女孩主动跟我打招呼，我正和她简单聊的时候，另外一群孩子显然是"人来疯"，也跑过来围着我，和我合影。

我们又来到另一个教室，里面坐着三个组的学生，正在讨论什么。郭斌老师告诉我，他们正在进行发明制作。第一组的任务是做机器人，研发设计机器人的程序。第二组的任务是发明一样东西，任何东西都可以，比如用于身体的，让人更长寿，或者是一个电子宠物，不用花太多精力却能给人温暖，等等。第三组的任务是市场营销，将前两个组的机器人或新发明推销出去。任课老师告诉我，乐高正在搞一个全国竞赛，激发这个年龄学生的好奇心和想象力，他们借此机会让学生参与这个竞赛，能不能获奖不重要，重要的是通过这个活动培养学生的创造力。

我注意到，学生们坐得很随意，有的坐在墙角的地上，甚至还有的斜坐着把双腿放在另一把椅子上，这在我看来很没"礼貌"；而且上课时也没见学生起立整整齐齐地说"老师好"，老师走进教室直接就上课。

关于这一点，我并不认为中国学生有礼貌就错了，中国自古便是礼仪之邦，这是中西文化的差别，不好孤立地评判孰优孰劣。问题是，我接触到的丹麦成年人，包括路上遇到的素不相识擦肩而过的陌生人，个个都很有礼貌，会向你主动微笑、点头、打招呼……而我们的孩子从小被教育有礼貌，可现在的中国社会，陌生人之间的冷漠，是很多中国人都能够感受到的。这是为什么，值得研究。

其实，丹麦学生也并非没有礼貌。郭斌老师来这里给学生上过几节课，讲中国文化。有一个孩子跑过来大声对她说："你好！我爱你！"我用相机对着他的时候（顺便解释一下，郭斌老师说，这所学校是可以给孩子拍照的），他特意对着我笑，特别可爱！

我们来到语言与文化班，刚好他们正进行中国主题活动。一个小组正在贴中国地图，用线条在这个中国地图上描他们了解的中国各省的形状，然后标出省的名称。另一个小组正在展示中国饮食，一个孩子给我看一张图片，问我是不是夫妻肺片，我说不是，但这的确是中国菜。教室的墙上，贴着孩子们搜集的最能代表中国的一些元素，还有他们建议到中国最应该去的地方：长城、故宫、天安门、兵马俑、上海外滩。

我们来到另一个房间，孩子们正在做筷子。他们用锯子等工具认真地做着筷子，每一个人都那么认真，有的孩子甚至跪在地上做。我走到一个孩子面前，他刚好做成一双筷子，但太粗了，不过他很认真地在练习着拿筷子的方法，可怎么也拿不稳，我走过去掰着他的手指教他，他认真地练习着，特别可爱。

墙上贴着许多中国字，完全是画画。虽不标准，却拙稚可爱。

几个孩子还在认真地描着汉字，一个男孩见我进来，便扬起手中的作品，一个"猴"字跃然纸上。我向他竖大拇指，表示赞赏。还有一个孩子在写"足球"。

还有一个小组在设计一个关于中国知识的游戏，用"过关"的方式，答对一个题便过一关，一环紧扣一环，很有趣。

从教室出来，我和郭斌老师在校园里转。我看校园非常朴素，一点都不精致，甚至感觉有些"不卫生"，因为原生态的地面凹凸不平，上面铺着厚厚的落叶。唯一让人感到美丽的，是高大的树上挂着金黄或嫣红的叶子，在蓝天的映衬下格外夺目。校园里，没有任何宣传图片，更没有一个标语口

号,总之丝毫没有一点点"校园文化气息"。但孩子们很开心。

郭斌老师说:"他们只是考虑孩子怎么舒心快乐,自己过得有声有色,至于别人怎么看无关紧要。虽然校舍很简陋,但这里有丰富的内蕴和有爱的老师。正如校长所说,他们在为丹麦社会培养公民,这样他们就很满意了。"

我们来到表演与艺术班，今天学生要做一份报纸，他们正在设计报纸版面。任课老师 Henriette Lauersen 告诉我，本来是有模板参考的，但他们完全可以打破模板的框架自己重新设计。Henriette 老师还说，她主要看不同小组的学生的设计，提醒他们不要雷同，一定要有自己的个性。这些报纸都要呈现旅行、运动、文化和教育主题。这些设计都必须和真实的生活相联系，比如做"旅行"主题，他们就会真的给一个打算旅行的人打电话进行访谈，问他有关旅行的梦想和计划。

我对该校 7—9 年级三个方向的分流很感兴趣。郭斌老师给了我一份相关资料。上面是这样介绍的——

到六年级，学校会给学生提供三种未来 7—9 年级阶段的发展方向，与家长共同商讨后，孩子找到自己的发展意向。选择之前，学校会安排学生观摩七年级学生的实际状况，由七年级学生与指导老师讲解。还会组织学生到与发展方向相关的实际工作环境中参观，看看各种选择结果与将来实际的工作是如何对应的。学校与家长会安排时间专门针对此事结合孩子的具体情况进行讨论，以便给孩子充分的引导和讲解。但最终是让孩子自己作出选择。家长只提出自己的理解和意见，绝不主导孩子的选择！另外，告知孩子，这不是最终选择，在今后的实际过程中，完全可以根据自身的情况来调整。孩子没有任何压力，但参与了关于自己未来的设想和选择。对于选择的结果，学校会在基础课之外专门安排时间做一些相关的学习内容指导。

以下是三个发展方向的具体内容：

1. 表演与艺术：我们推动世界

通过多种方式（戏剧、电影、媒体、绘画、照片、诗歌、舞蹈、设计、演讲、运动、讲座等）表现出个人的激情和发展空间，提供四门专业课来实现。同时考虑到个性发展。

意义：世界不是现成的，而是你自己来创造的。（Community is not something you get, that's something you create.）

2. 语言与文化：我们了解世界

通过语言、沟通、文化，关注和了解世界。内容包括历史、国家、文化价值，通过母语、英语、德语及一门第三种语言，利用媒体和互联网，与世界各地的年轻人作交流，从而了解世界不同的文化。目标为发展语言技能，可跨国界交流与参与活动，提高沟通技巧和能力。

意义：生命是旅途，不是目的地。（Life is a journey, not a destination.）

3. 自然与科学：我们探索世界

以项目为基础，利用展览、活动、电影等交流方式，探索世界。

意义：犯错是一种发现世界的新方式。（Mistakes are a way to discover the world.）

听完课，当地媒体对我进行了采访，问了我几个问题。我综合回答如下——

丹麦教育给我最深刻的印象是对每一个儿童的尊重。但其实就理念而言，中国教育同样主张尊重儿童，我们的口号就是"一切为了孩子，为了一切孩子，为了孩子的一切"，而且这种理念并不完全是"理念"，在一些学校已经成为现实，做得很不错。当然，在中国的一些学校，理念更多的时候还停留在宣传上，真正落到实处还有许多工作要做。重要的不是给予学生知识，而是能力的培养、技能的提升、思维的拓展、创造的激励和人格的成长。让每一个学生和教师都获得来自教育本身的幸福。

离开学校前，我们又和学校分管国际部的负责人 Morten 老师，还有另外几位老师一起聊了几个话题。比如关于对残疾和特殊儿童的关照。他们认为，虽然有的孩子有听力问题或小儿麻痹症，但他们的大脑和别的孩子是一样的，所以应该平等地对待他们，让他们觉得自己和别人没有区别。当然，对他们的特殊困难要细心关照，比如楼梯都有升降机的轨道，以方便轮椅上下。只要这些孩子的行为习惯没有攻击性，不妨碍其他孩子，就尽量让他们和大家融合在一起学习。

我问："如果遇到实在难以管教的孩子，最严厉的措施是什么？"

Morten老师回答说："还是只有好好教育。"

我直接问："丹麦不允许体罚学生对吧？"

他们都笑了，说："不能体罚，连家长都不能打孩子。"

我问："学校和家长配合有哪些方式？"

他们回答我："我们每天都通过网络和家长沟通。每年都有家长会，还有一对一的家长会。学校大的策略，包括战略发展，家长都要参与制定。"

我问："你们的老师家访吗？"

他们说："会的。尤其是孩子刚进学校时，我们为了了解孩子的生长环境，都要进行家访的。"

我问："如果孩子在学校发生了安全事故，比如摔伤了，家长会是怎样的态度？"

Morten老师说："我就是体育老师，首先我会保证所有的运动环境、体育设施都是安全的，但作为老师我从来没有考虑过来自家长的压力，从来没有过。当然，在丹麦也有过极端的例子，有一位老师带着学生去航海，出了事故，但那是极个别的，我从来没过这方面的顾虑。之所以没有压力，和社会保障体系很完善有关，住院、开刀、接骨等，都有人出钱。关键是，学生家长之所以选择这所学校，就是因为知道这里的老师是称职的，知道老师不会违反常识、常理让孩子去冒风险，也就是说，家长对这所学校的老师充满信任。"

Jytte老师补充说："有一次有一个学生上课，不小心手被玻璃划伤了，我给孩子做了包扎，给他妈妈打电话说了这事，他妈妈来都不来，说老师处理好了就可以了。其实，要说压力，我也不是没有压力，但这压力来自我们要做饭，有时候要动剪子动刀子，都有潜在的危险，所以我也紧张。但我们从低年级就开始训练孩子的安全意识，慢慢让他们学会自己对自己负责，这样就会好一点儿。我们的担心是来自对孩子本身出现意外伤害的担心，而不是来自对家长压力的担心。"

放学了，我们走出学校。回顾一天的参观，感觉收获很多。丹麦的国情当然和中国不一样，所以对他们的一些做法有的中国人不容易理解甚至误解也很正常。（昨天还有网友把我文章中介绍的丹麦"十年级"和"青年学校"理解为中国的初三补习班。他们不知道，丹麦读高中是不需要考试的，哪需要"补习班"呢？）对丹麦教育的具体做法当然不可能照搬——其实哪个国家的做法又能照搬呢？但教育的理念却是相通的，因为人性是相通的。同在一片蓝天下，难道中国的孩子就不需要平等、自由和被尊重吗？问题是，现在国内总有人以"国情不同"为由拒绝学习别国的先进理念，须知办根植于中国大地的教育，也需要人类共同文明的养料。邓小平同志"教育要面向现代化，面向世界，面向未来"的题词，至今并未过时，而勇于并善于"三个面向"，正是中国教育真正的自信所在。

丹麦的青年学校是什么样的学校？

上午，董老师和丽萨陪我来北菲茵青年学校（Nordfyns Efterskole），今天是他俩为我翻译。

刚到学校时，看到一群穿着红色运动服的年轻人正在做运动前的准备活动。这时校长 Flemming Flymann 过来了，他与我握手表示欢迎，并指着那群年轻人对我说："这是我们学校的学生，一共 116 人。平时学生 7 点钟开始晨跑，然后吃早餐，吃完早餐就唱晨歌，一般唱三首歌。"

过了一会儿，学生们开始跑步了。跑之前他们还合影留念。

Flemming 校长又跟我说："今天学校的学生举行连续 12 个小时的长跑活动，就围绕着学校跑。这种长跑也是公益。"不用解释我就明白了，和昨天在斯莱特学校一样，孩子们跑得越多筹款就越多，这笔钱最后用于公益。

但昨天斯莱特学校的学生只跑一会儿，可今天的学生要跑 12 个小时，能坚持下来吗？他说，也不是持续不断地跑，中途也要喝水、吃饭，但一整天都是跑。

校长带我转校园。秋天的校园特别美，到处都是参天大树，金黄的叶子在晨风中沐浴着阳光微微颤动，厚厚的落叶铺在地上，踏上去就像走在地毯上一样。

校长先带我来到一间教室："这是我们的网上运动室。"

"网上运动？怎么运动？是电子游戏吧？"我问。

他说："形式上和电子游戏相似，但和游戏不一样。这个运动是在网上运动，强调的是社交与合作，比如踢足球等。一般的电子游戏就是暴力、枪战，而这个是培养学生的友谊、合作精神。"

他又说："一般担任这门课的教师都是男性，可我们学校却是一位28岁的女教师，她获得了博士学位，在西班牙参加过国际大赛。"

走到一座老房子前，校长说："我们学校是丹麦最古老的学校之一，是1882年建立的，创办者当时只有18岁，是我们学校的第一任校长。他后来担任了丹麦首相，当时是一战期间，在他担任首相时，丹麦妇女获得了选举权。"

说着，我们身边跑过几个年轻人，校长说："他们已经跑完一圈，是2.1公里，他们挣了一些钱了。通过这个长跑活动，我们已经积攒了50万丹麦克朗，可以捐出去做公益了。"

又走进一座类似于室内运动场的房子，校长说："学生在这里可以选修六门运动课程，比如篮球等。每周有三次，每次一个半小时。再过两个星期，我会带着学生去伦敦参加各种活动，音乐社团和当地音乐社团的人搞活动，足球队便和当地人踢足球，其他运动队则参加那里其他运动的活

动。我们还会去奥地利滑雪。"

在另一间屋子，校长说："我们的学生经常在这里表演，好的节目还会带到其他学校巡演。"

来到一间大厅，校长说："这里就是每天早晨学生们唱歌的地方，唱三首不同的歌，老师弹琴。然后放丹麦新闻和国际新闻，有时候我会结合时事，给学生作些解释。唱歌是每天都要进行的，此外，学生每周还到这里来听两次故事。"

我问："都讲些什么故事呢？"

他回答："内容很多，比如有学校创始人的故事，有格隆维的故事。最近我们要去英国伦敦，于是便讲有关伦敦的故事。"

来到办公室，校长说他愿意解答我关心的问题。我首先问这所学校开设什么课程，于是他起身给我印了一份作息时间和课程表，指着表给我解释："你看，学生每天 7:00 起床，开始晨练，老师检查房间。7:10—7:30 是早餐时间，7:30 是早会，就是唱三首歌。8:10—12:30 是上午的课，有丹麦语、数学、物理、德语，还有足球、羽毛球、音乐、体操、舞蹈、户外活动、女子跳跃，还有英语强化课、丹麦语强化课以及综合项目准备课。下午是 13:15 开始上课，到 17:40，主要是体操、跳跃、蹦床、音乐、英语选修，等等。18:00 吃晚餐，晚上比较灵活，有作业就做作业，或者自己作整理，或者去咖啡馆与老师沟通，21:15 是开始放松的时间。22:00 回到宿舍，打扫房间，23:00 关灯睡觉。"

我问："每节课多少分钟？"

他说："不同的学科时间不一样，丹麦语、数学等是 70 分钟一节课，也有的课是 60 分钟。中途都要休息，休息时间有的 10 分钟，有的半个小时。"

我问："综合项目准备课是什么内容？"

他说："是人文历史方面的，比如关于二战、莎士比亚、美国历史等话题。因为我们这里也有学生要选择读高中，所以给他们开了这些选修课。"

我问:"学生都住校吗?"

他说:"是的。我们有时还邀请家长到学生宿舍住一晚,体验一下他们孩子在学校的生活。"

我问:"这种青年学校,只有丹麦才有吗?"

他说:"是的,这是丹麦独有的。"

"学制多长?"

"一般是一年,也有个别读两年的。现在全国有240多所这样的学校。"

我又问:"每个青年学校的课程都一样吗?"

"不,"他说,"每个学校的课程都是学校自主决定开设,国家是不管的。"

我问:"为什么要开设青年学校?"

他说:"这是为九年级以后的学生提供的,他们中的一些人可能还不想上高中,或者还没想好读高中还是读职业学校,我们便给他们提供这样的学校。我们这种学校和北菲茵民众学院有相同的地方,自由度都比较大,比较灵活,但民众学院是为成人开设的,这里只是为九年级以后的青春期学生开设的。"

我问:"学生在这里读了一年后,他们又到哪里去呢?"

他回答说:"青年学校是给学生提

供一个稍微宽松的环境，让他们好好想想人生下一步该怎么走，想明白了再继续往前走。从我们这里出去的学生，80%选择继续读高中，那就是以后要上大学的；还有20%的学生，就选择职业学校，比如学理发，学木工，等等。多数孩子九年级结束就直接升学，但有一些孩子初中读完了，还很茫然，那就到这里来。这里开的课程都和运动呀音乐呀有关，孩子们放松，体验，想好了，休息一下，再往上读。"

我问："初中毕业有多少人到青年学校就读？"

他说："25%～30%，这不是学校决定的，是由家长和孩子商量决定的。"

我问："另外70%～75%是不是直接读高中？"

他说："有的直接读高中，有的读十年级。我们这所青年学校比较重视运动，所以开设了许多运动课程；有的青年学校重视音乐，便主要开设音乐课程。学生可以根据自己的兴趣选择读哪所青年学校。"

我想到昨天我的公众号上有网友留言说："丹麦的初中毕业生是否也是因为考不上高中才去读十年级或者青年学校或者职业学校？如果是，那和我们就没有什么不同。"这显然是以"中国式思维"误解了丹麦教育。丹麦的高中、职业学校和大学都是不需要考试的，是否读高中、职业学校或大学，都取决于本人意愿。

我问董老师："'青年学校'这个名称是怎么来的？"

他说："在丹麦语里，这样的学校被称作'Efterskole'，一般就翻译成'青年学校'。"

离开北菲茵青年学校时，我感慨万千。丹麦人的生活总是那么从容不迫，包括学业也不是匆匆赶路。有的处于青春期的孩子，未进入社会却难以与父母沟通，选择寄宿制的青年学校便选择了一个"庇护所"，或者说"人生驿站"，让他们第一次离开父母与同龄人生活，朋友之间充分沟通，加上老师的引导，不但让他们顺利地度过青春期，而且对未来的学业方向也有了自己的选择。这就是尊重每一个人的充满人性的教育。

> "当我给孩子讲故事时，我就回到了孩童时代，走进了孩子的世界"

2018年10月12日 晴 星期五

今天是一位叫 Jens Peter Madsen 的丹麦故事大王给我们讲课。

他的讲述如下——

非常高兴见到大家！

讲故事在中国是一件很普遍的事，大家都喜欢讲故事，喜欢听故事。而在丹麦，讲故事这种方式已经消失很多年了。1950年左右丹麦有了电视。新的教学法出现后，用嘴巴讲故事这种形式几乎就消失了。在公立学校里已经停止了直接用嘴巴讲故事。但在私立学校，大家依然沿用这种方式。

在大岛那边，我小时候上学时老师依然用口述的方式讲故事。奶奶也给我讲故事。奶奶可以讲整本《圣经》的故事，丹麦历史故事，安徒生童话故事，还讲一些超自然的故事，比如鬼故事，也有真实的民间故事……不管在家里还是在学校里，我听了许多丹麦的历史故事、文化故事。

早期我并不认为这有什么特别的。从1980年开始我当老师，就发现这种方式和其他教学方式是不一样的。我突然发现我记得所有以前听过的故事，我发现孩子们都很喜欢听我讲故事。那时候讲故事已经不是很普遍了。一开始我以为我记不得小时候听过的故事，但当我看到一个题目时，整个故事都能记起来，比如《丑小鸭》。这让我意识到，故事不一定都在书上。在座各位的头脑里也充满了各种各样的故事，听过的或看到过的。这就是我们今天要完成的任务，从你们脑子里发现故事。我会教你们一些方法，让你们用故事表达你们的想法。

过去20年，我一直在做这项工作。我出这么一本小书，是直接从脑子里出来的，没有文字的。这样讲出来的故事，是世界上最好的故事。他的故事只有他讲出来是最好的，别人是讲不出来的。通过这样的联系，我们每一个人都可以把自己经历过的最好的故事发掘出来。今天大家要尝试讲自己的故事，必须用母语来讲故事。

在我们正式开始讲故事之前，我先谈谈对安徒生的理解和介绍。

我刚刚参加了一个展览，一个人讲述安徒生的童年故事。这个故事穿插了安徒生前14年在欧登塞和母亲一起生活的经历。在安徒生的前14年里，他经历了很多艰难困苦。这种童年艰苦的经历可以从《丑小鸭》中发现一些影子。丑小鸭和大家不一样，这象征着安徒生童年经历的人生，那就是安徒生真实经历的童年生活。安徒生还写了一本自传《我的一生》，在这本书的第一章里，我读到了和别人讲的不一样的安徒生的故事。

安徒生在这本书里介绍了他的父亲，父亲会用歌声来愉悦他，还会给他制作玩具，用这些玩具去演喜剧。每个星期天都带他到森林里去，让他自由自在地玩耍。小时候，母亲从来不让老师打他。所以小时候他几乎没挨过打。有一次老师忘记了他妈妈提的这个要求，打了他，他妈妈立刻带他离开了那所学校。这在那个年代是很不寻常的事。那个年代孩子犯错，受罚是很常见的事。就像现在很多人认为的那样，打孩子是必要的管教。但他妈妈不这样认为。

在他小时候住的房子里，有一个小天台，妈妈在那里种了一些菜。在小菜园里，妈妈会带着小安徒生认识一些植物，在那里他度过了美好的时光。当我们读他写的这些故事时，就有清晰的图像。今天丹麦幼儿教育的许多理念，都是从安徒生小时候经历中认识的人生价值中牵引出来的。这也显示了安徒生是生活在非常自立的家庭环境中的。自信和自尊现在大家经常谈到，这在安徒生的生活经历中可以找到印迹。这是两个不同的概念，有的人非常自信，但在某个方面并不能胜任。作为一个出生于贫穷家庭的孩子，安徒生基本上没有什么自信。但他爸爸和妈妈给他以强烈的自尊。因为有这种自尊，所以他有一个愿望要成为作家、诗人、舞蹈家或著名人物，14岁时便一个人去了哥本哈根。

在哥本哈根，安徒生经历了许多嘲讽、讥笑，在学校里经常被人欺负，他经常哭，尽管这样他心里依然认为自己足够好。作为一个人，拥有自尊很重要，因为有自尊，不管遭遇到什么，依然可以保持个人价值。所以他被人嘲笑，有的地方也不够好，但他比别人付出更多的努力，终于有一天成功了。如果一个人有足够的自尊心，就不会被外在的嘲笑打倒，而始终保持自己的价值。这不是外在的，而是内在的感受。当我读到安徒生自己写的人生故事时，我很惊讶。这是我直接与安徒生对话。也许安徒生自己并不知道强烈的自尊有多么重要，但今天我们知道。这就是安徒生成为唯一的安徒生的原因，他的父母亲没有遵循旧的教育模式，而是给了他一个美好的童年。

我不多讲安徒生了，你们去读他的书，自己去发现更多的信息吧！

我们先做两个练习。我们可以用不同的方式讲故事。我们不需要看书，就听。对某些人来说可能比较困难，在戏剧学校里经常用这种方式学习讲故事。有的人快一些，有的人会慢一些。每一个人都可以用大脑储存的信息来讲故事。在现实生活中，每个人都在做这样的事。就好比你们现在在丹麦学习，回去以后会跟家人讲，或者在丹麦买了东西，展示给家人的时候话自然就多了。在这个过程中，故事就自然从嘴里讲出来了。当你们讲述时，思维自然就回到丹麦了。这就是我今天要带你们去做的事。如果在单位里和同事看到相似的场景时，自然会想到在丹麦也看到过。你们在这个过程中做得越多越聪明的话，就和你们的同事分享得越好。这就是口述能力。这是每天自我经历的故事。当你们开口讲的时候，会忘记所有方法，很多东西自然就出来了。这是一个非常重要的专业方法，去讲述每一天的经历。

第一个练习是讲你们听到过的故事。为了方便大家理解，我们就讲安徒生的故事。你们知道很多中国故事，但我们不知道。很多中国人知道很多安徒生的故事，比丹麦人知道的更多，我比很多丹麦人知道的安徒生故事多，因为我有个奶奶知道许多安徒生的故事。她不是从书上读来的，是从别处听来的。你们不需要去找书，就从你们读过的安徒生故事中去找。当你们这样想的时候，记忆就回到了过去。越早期的越好，你最早听到的最好。大家开始想吧！

大家纷纷说自己想到的安徒生童话：《卖火柴的小女孩》《丑小鸭》《皇帝的新装》《拇指姑娘》《豌豆公主》……然后分组。

Jens 说——

等一会儿你们就开始选择要讲什么样的故事，想想讲故事时要选什么样的图像，有多少种不同的图像，我们看电影时，会有不少图像让我们印象深刻。我想到安徒生童话时，会想到《大克劳斯和小克劳斯》，因为我小时候是比较害羞的男孩，小克劳斯是一个勤快的小孩，可以打败高大、愚蠢的大克劳斯……这就是我喜欢小克劳斯的原因。

他一边在白板上画图，一边讲述这个故事……"这就是这个故事在我脑海里留下的八个图像。你们也可以用这种方式讲故事，一边讲一边画。一会儿大家分组练习。"

首先上去的是薛健老师。她上台讲《皇帝的新装》，一边画一边讲故事。讲得非常精彩！

Jens 说——

过去在学校，老师都是一边讲一边画，这种方式非常好。我们想到故事的时候，首先脑海里出现的应该是画面，而不是文字。通过这种方式，我们就更加理解这个世界是怎样反射在孩子脑海里的。用这种方式给孩子讲故事，故事就活了，孩子也更容易记住。

下面，大家讲讲关于自己童年的故事。虽然我们回忆的时候是用大脑，但身体每个部分都要参与，鼻子在回忆气味，还有手和眼睛也有记忆。你们想想，第一次走进学校的那一天。想想自己6岁，在家里正要去学校开始新的生活。我小时候要上学时，得到一个书包（拿出来给大家看），所以我一想到小时候上学第一天，就想到这个书包。

现在大家就想想这个场景，你坐在家里的小板凳上，小书包放在膝盖上，等待去学校。我希望大家闭上眼睛想想这种情景。想想那个小小的你当时在想什么，你的身体状态是怎样的。现在大家关掉手机和电脑，坐正，在大脑里想象当年的自己。想想书包在你面前，你坐在自己的座位上，那时候的你脑子里在想什么。当你坐在那里的时候，光是从哪里照进来的，空气中有什么样的味道，你腿上的书包是重还是轻，你的书包有什么特殊的气味，你的手去摸书包有什么感觉，它的形状是大还是小，是什么颜色，单色还是多色。然后打开，也许里面有许多有趣的东西。想想里面都装了什么东西，你触碰那些东西时有什么感觉。看了之后，把这些东西放进书包装好，想想你合上书包的时候有什么声音……你们做完这一切后要赶快回到现实中。

现在大家分组，成员之间互相讲述刚才想象的内容和感觉。

学员们分组，每组三人，彼此交流。

Jens 说——

每一个人都有自己上学第一天的回忆和故事。也许并不是每一个人的回忆都很愉快。每个组请一个人起来讲自己的故事。

路方老师上去讲自己的故事——

我对书包是有遗憾的，当时是军绿色的单肩书包，每天除了背书包，还要带小凳子。我的父母给我买了一个小凳子，课间同学们却将它当玩具。所以我记忆里是上学一边背着书包，一边抱着一个小凳子。我们的桌子很长，是砖砌的，有时候砖会塌。书包上有洞，铅笔老掉出来。后来八九岁可以背双肩包了，教育局要我们每一个学生花60块钱买一套桌子，那个桌子有抽屉，可以放书包，于是我就不背书包了，直到六年级毕业。新年同学们送贺卡，都塞进桌子抽屉里，大家拉开抽屉，会有许多贺卡。这个我印象很深。

陈晓红老师上去讲——

我穿红色小鞋子上学，妈妈是那个学校的老师。我们村在三个村交界的地方，往返三公里，20分钟左右。书包是斜挎着背的。第一次上学时紧张不安，因为我迟了一些。妈妈去办手续，我在门外等着。那天天气很好，蓝天白云，农村没有污染。我们那是一个很大的教室，是学前班。凳子是很长的条凳，可以坐好几个人。我们班一共约有40个小朋友。非常惊喜的是，我叫陈晓红，还有一个孩子也叫陈晓红，我们同班五年。虽然我经常不安，但很快成为孩子王。现在大家看到我比较文静，其实我小时候超级活泼，丢沙包都是第一。我妈妈教语文，但我更喜欢数学老师。他基本上给我们讲了五年故事。所以我的想象力一直保持得比较好。当然，很多故事都是他自己编的……

雷冬梅老师上去讲——

我上学第一个书包和老师的差不多，别的小朋友都是双肩包，我的不是，我的是棕色的，皮制的。有的小朋友的书包是爸爸妈妈从日本带回来的，我很羡慕。我上学第一天，看到老师特别年轻漂亮。校舍是很旧很旧的、苏联人建造的平房。

Jens 说——

很遗憾由于时间原因不能听每一个人的故事。每当回忆起故事，你们首先想象到图像。这种形式就像想象扫描。你们可以用这种方式给你们的孩子讲故事，扫描讲故事。当你给孩子讲故事的时候，你是教育者，但同时你也是孩子。用孩子的方式给孩子讲故事。你上学第一天如何紧张，你也可以表现出来。你的这种思维就回到了童年时代，把自己变回了孩子。这就表达了一种教育观——用孩子的方式完成你的表述，用孩子的眼睛看世界。当你用这种方式和孩子交流的时候，你会看到孩子的很多闪光点。在我们每天的工作中，我们脑子里都要从不同方面转换：什么是最重要的？什么是孩子最需要的？什么是孩子能够理解的方式？……有时候用一个故事去表述你的观点，这是很重要的。如果你能够对孩子讲你小时候的故事，当你诚实地告诉孩子，你会在这过程中获得孩子的信任。这种思维在丹麦的教育观里是非常重要的，实际上是一个中心点。他们很努力地创建这么一个范围，让孩子有安全感。但这并不是要我们也像孩子一样表现出孩子气，始终保持孩子状态，这并不是我们的目的。作为成人，作为教育者，我们可以向孩子流露出孩子气，但不要忘记我们的身份，而我们用孩子的眼睛去看世界，这是一种能力。

大家有什么感想吗？可以随便说说。

我主动举手，我说："教授的话让我特别有共鸣，因为中外教育有很多相通的地方。用孩子的眼光看世界，也包括用孩子的语言表达世界，其中很重要的一点就是讲故事。所以一个优秀的教师一定是一个出色的故事讲解员。我同意教授的说法，我们可以保持孩子气，但不要忘记我们是教育者。既要保持某种孩子气，但又不能忘记自己是教育者，这二者在这一点上得到统一——怀着教育者的理想与责任，用儿童的眼睛去观察，用儿童的耳朵去倾听，用儿童的大脑去思考，用儿童的情感去热爱！"

"儿童有一百种语言,他们用这一百种语言去发现并表达世界"

2018年10月16日 星期二 阴

郭斌老师给我带了一份报纸来,上面有我参观考察斯莱特学校的相关文字和照片,篇幅还不小,差不多两个版面。我问她这是什么报纸,她说:"是前天的《菲茵时报》,是丹麦的主要日报之一。"她还发给我一个网络截图,是丹麦网站对我的报道。

今天，我们来到欧登塞米瑞达中心。走进中心，我们好像走进了一个工厂的仓库，这个"仓库"到处堆满了东西，好像什么都有，但又好像什么都没有，因为这些东西都是工厂生产各种产品丢弃的废料。而利用这些废料让孩子创作各种东西，正是这个中心在研究儿童教育方面的一大创新。

这里有两位老师，男的是一位光头帅哥，名叫 Kåre Runge，女的年龄大一些，叫 Karin Eskesen，是一位睿智长者。

先是 Kåre 跟我们说："儿童有一百种语言，他们用这一百种语言去发现并表达世界。"所谓"一百种语言"其实是比喻，就是说儿童除了用口头语言，还用所有的感觉——听觉、触觉、嗅觉、味觉等，包括思维、想象，参与认识与表达。

他要我们今天也来获得一下这种体验。"你们每一个人都去拿一样材料吧，一会儿制作。"他说。

到处都是废料，各种材质的，各种形状的，各种大小的……有废布料、废塑料、废木料、废金属……我选了四个软软的圆形塑料片。

大家选好材料围坐在一起。

Kåre 问："你们觉得找一个材料难吗？"

他问路方："告诉我，为什么你对这个材料感兴趣？"

路方回答："这个让我想到我小时候上学时坐的小板凳。"

他继续问："你有什么感觉？"

"比我小时候的凳子要小一些，轻一些。"

"还有呢？"

"很美。"

"你觉得这材料冷吗？热吗？可以摸一摸。"

路方摸了摸，说："暖。但这个部位有点凉。"

"还有呢？有什么想法？"

"我想将它装扮得更漂亮。"

他换个角度启发："你想过没有,这个东西的形状怎么样?"

"有大圆有小圆,像轮子一样。"

他拿过路方的那个东西说:"很灵活,你看,这里还可以当作瞭望孔。"

我们明白了,他不断启发大家从不同的角度观察和感受手中看起来不起眼的材料。

他又问陈晓红对手中材料的感受,陈晓红说:"我喜欢这个颜色,我觉得像中国的玉,很温润。"

他看到李婷拿着铁丝一样的材料,问她:"为什么要选这个?"

李婷说:"我上周在'安幼'做了一个戒指,我还想做一个戒指,所以我就找了这个细铁丝。"

"有什么感觉?"

"很激动,很惊喜。"

"你使劲捏,将它卷成一团。"

李婷照着做了。

他说:"你看你无意中便改变了它的形态。"

他问我拿的是什么,我说:"是塑料的小圆片,四片。"

他问为什么拿这个,我说:"比较小,比较软,比较方便做东西。我拿四个,是有意拿双数,这样做什么东西的时候,便于对称。"

他说:"嗯,你联想到数学上的偶数。"

他又问方虹怎么看手中的材料。

方虹说:"有许多洞,从圆孔看出去很有意思。"

"你想做什么?"

"我想增加一些和平时不一样的视角。下一步用它来做什么我还没有想好。"

他说:"你不用想好。要冲破规则,发现世界。孩子成长的过程,就是不断打破规则的过程。他也许只拿了一个材料,但脑子里却有很多可能性。孩子到这里很兴奋,但不会什么都去拿都去做。孩子也是喜欢规则的。孩子会用这些材料创造不同的东西。有时候我们少说，孩子们给我们的惊喜却很多。孩子们从他们的视角创作出来的东西，让我学到很多。"

他又问褚雪为什么选碎纸片，褚雪说："我之所以选这个材料，是因为比较好操作，做什么都行。"

他说："你可以用手去感受，这个适合孩子，他们可以去做很多有创意的东西。"

薛健拿的是塑料纸，她说："可以发出声音，模拟风吹的声音。"

贺娜拿的是瓷砖。Kåre 问为什么选这个，她说："这个瓷砖与国内的不一样。可以用来做手工。"

"嗯，从我这个角度看，是一个方块变成许多个方块。你用手摸吧！"

"是许多小方块。"

"还可以敲出声音。"

他问李俊丽，李俊丽说："我选的有大圆有小圆，都是几何形状。"

"触觉如何？软还是硬呢？"

"很软，可以变成半圆，对折起来看上去像吃的热狗。"

"为什么还选了方形？"

"可以让孩子们认识几何形状。"

"嗯，可能还可以做成数学、几何的教具。"

……

他将我们 16 个人都问遍了。我慢慢明白了，他是在引导我们从无数个角度观察手中的废料，就是他刚才说的"用一百种语言"。

那位优雅的睿智长者 Karin 说："从你们进来开始，已经有不少美丽的故事出现了。你随便拿一个小材料，已经产生了不少创意，有无限可能性。而这些东西都是工厂的废料，不需要花钱去买。通过这些可以把社会和教育联系起来。我们对工厂给我们的废料只有一个要求，不能有污染或有毒，因为这是给孩子用的。用这些东西，也把每一个人联结起来了，因为有助于培养我们将来对社会的责任感。"

她拿出一个小玩意儿给我们："我给你们一个东西，你们可以看看。"

Kåre说："我发现刚才大家在分享时，没有人问'这是什么'。我真正的用意是，孩子拿到这个东西，会有很多问题，不是说你要赋予它什么，而是它在告诉你什么。这是孩子的视角。所以在给孩子提供东西的时候，一定要想到怎样让孩子与材料对话。比如面对这个瓷砖，我会想到玩过的泥塑，会想它是怎样形成的。你看到这个东西，会想到很多，会调动你的记忆。我们拿着这些材料，可以做一会儿孩子。所有这些不起眼的东西，都是有生命的，都可以对话。如果你给孩子买了一个玩具，孩子就只会玩，不会去研究它的形状、声音等，那就没有意义了。"

Karin说："老师不要多说，但可以有期待。老师的期待能够决定孩子受益多少。好，大家说说，看到这个小东西有什么想法。"所谓的"小东西"就是下面照片中Karin女士手中拿的小玩意儿。

大家纷纷说，这东西像印章，像积木，像棋子……

她说："可是你们想过吗，一个7岁小女孩拿这个东西会做什么？一个周六的早晨，她来了，本来她想给小宠物做一个小窝，后来她发现了这

个小东西，拿着它就形成了一个想法。因为当时要过圣诞节了，需要圣诞历。这个小女孩用这个小东西做了有24个小故事的圣诞历。大家看，这个小东西本来是一个废物，但在她的眼睛里，却有那么多的故事。孩子并不是什么都不懂。这个孩子可能就是未来的安徒生，她的想象力是许多成人读不懂的。刚才大家拿的东西，其实也是在讲故事。很多伟大的哲学家都说过，看见的东西都是通过手感觉到的。"

她说："我们这里是一个中心。我们有许多关于点石成金的神话。这些东西在通常环境下是被废弃的，大多数人很少将其与教育联系在一起。我认为，这些东西到了孩子手里，起的作用会大于玩具，超出想象。整个丹麦，我们这样的中心有五个。我们坚信，玩和学是不可能分开的，是一体的。大家看这张照片——这是一座房子，是一个建筑，上面打了很多光。后来政府征得家长的同意，要拍100张孩子的照片。所以我们看到的就不只是蓝色聚光，而是100个孩子的照片。这就是创造。我们需要让孩子们都有创造的可能。也想告诉成人，现在孩子的童年和我们的童年完全不一样。孩子们有他们的世界，成人一定要张开耳朵去倾听他们的世界。但成人要有这个能力，推动他们的成长，用问题的方式去推动。不只推动孩子，也推动自己。今天我们只让你们找材料，但学习已经形成了，你们自己在发现，在探索，彼此交流。每一个人的想法都是如此不同。孩子也是一样。但同时我们也是属于不同的群体——这个社区、国家、民族的群体，所以我们不能说自己只是一个个体，我们要互相学习。你们在创作故事。"

她指着另一张照片说："这个是意大利教授马拉古奇（瑞吉欧教育体系创始人），我 1982 年第一次见到他。我们为什么要去世界各地？因为世界每天都在变化，我们得不断有新发现。正是在去意大利的时候，我遇到了马拉古奇教授，他的理念非常好。我便带着我的团队去意大利学习。在日常生活中，因为不懂孩子，我们作为和孩子的互动者却把孩子的一百种语言的 90% 都切掉了。教授在研究为什么二战时大家都跟着墨索里尼走。研究的结果是，教师是在创造这个世界。教师不一定是一个很专业很高深的人，当然他要有一定的理论基础，但理论是基于研究建立起来的，这个理论能帮助我们了解孩子成长的模式。"

Kåre 说："有许多欧洲的哲学家，他们的理论都很重要，但更重要的是，教师在学习了这些观点后，一定要形成自己的观点并付诸实践。"

Karin 说："对，从他们的理论中抽离出自己的理念。你可以飞得很高，但两腿必须站在地上。大家再看看这张图，你们观察孩子，会发生什么？这个意大利孩子 12 个月大，和他的老师在一起。他正在看一本杂志。你们看他的眼睛，他对眼前的杂志很感兴趣，不只一页页在翻，也在研究。他看到许多手表的照片，老师把自己的手表放在孩子面前，没有说什么做什么。孩子把两者联系在一块了。你们看他的眼神，能读到他在听老师的表，然后又去听杂志图片上的表。这不是教出来的。当他在做这个动作的时候，是在教大人。老师的作用就是把杂志给他，把手伸过去，建立连接。老师需要的是更多地观察。"

她说："这两个故事让大家明白，我们今天为什么要坐在这里。大家要看孩子能做多少，而不要只看他不能做多少。这些理念来自意大利，我就是因此来这个中心做这些，培训丹麦的老师。我们不是简单地把意大利的东西搬过来，而是一直在研究，因为丹麦和意大利的国情是不一样的。我在考虑如何让孩子在我们这个中心受益最大化。老师的角色是什么？儿童观是什么？我们要给孩子一个什么样的将来？责任在我们身上，这些都是我们需要考虑的。"

"学校应该是孩子从家庭出来后另一个值得信任的地方"

2018年10月16日 星期二 阴

Karin 说:"我们创造了一种新的学习方法,用废弃材料来学习。我们要联系并说服政治家,学习的方法不是一种,而是很多。现在至少这五个中心,政治家们是支持的。我们现在在丹麦有110个会员学校。我们和许多企业也有联系,建立一种良性的互动联系。我们要符合国家大的理念,但具体方法可以有所不同。从儿童观的角度看,孩子也在互相学习,每个孩子的情况不一样,包括残疾孩子,他们之间可以互相学习。"

Kåre 说:"有的孩子本来不善表达,可是面对材料一下有了灵感,活泼起来,创意很多,便愿意表达。这让我们感到惊喜。他们需要时间等待。男孩的发育相对迟一些,所以在学校的课堂里,这些孩子是坐不住的,老师觉得他们有问题,可是如果把课堂放在这里,他们的创造力让成人惊喜。每个孩子的成熟节奏是不一样的。所以有人说学校适合女孩,这是有一定道理的。"

Karin 讲道："这个孩子是一个 3 岁的丹麦男孩。他刚进幼儿园时，老师觉得他表达不清楚，画的东西也和别人不一样。但有一天，老师从这里拿了不同的材料回去，发现这孩子做东西非常快，他做了一个赛车。本来他画不好，语言表达也不好，但他能把各种形状的东西组合在一起，这是他的表达方式。这些不同品牌的车他都知道。他用自己 3 岁小孩的手表达出很多他知道的知识。他不是用画来表达，而是用组装和制作来表达。他做的这个赛车前端还有一个月牙形的镰刀，他说这样可以割草。他对老师说：'我的赛车一定要是红色。'因为他认为红色法拉利开得最快。老师问：'谁开法拉利？'他说：'舒马赫。'刚到幼儿园时，似乎他各方面都发展得不好，可当他说出'舒马赫'的时候，着实让人吃惊。这就提醒我们老师，要从不同的角度去看孩子。"

她说："有一所学校，有'精美的一天'，就是这一天把任何事都做得非常精美。孩子们只要把材料拿去，不需要指导。教和学都是学生自己的事，不同学生之间互相交流。在教室里坐不了 5 分钟的孩子，到了这里却

可以静静地坐六个小时，不停地做。'精美'的含义对于每一个人来说不一样。有的可能是做一个游泳池，有的可能是做一个洞穴。教师只管给学生材料，让他们自己去做。"

"教育，意味着每一天都有灵感，自我更新。教育必须是开放的，必须接受孩子的所有惊奇。大家看那些长管子，我们让在这里培训的老师先写出自己预想孩子拿到管子会发生什么，然后拿到他们的学校去，回来后告诉我们发生了什么，大家彼此分享。孩子最初不知道管子是什么，于是开始研究；老师把孩子的思考往前推一下，孩子把管子打开，看里面是什么；然后他们把不同的东西放进去，发现不同的东西在管子里滑的速度是不一样的。孩子很好奇，这个好奇心就是推动学习的第一个轮子。一位老师对两个两岁半的孩子在合作感到惊喜。第二天老师把前一天拍的照片给孩子们看。老师看到有的孩子在对别人说他昨天在干什么，这是语言在发展。这些孩子一直在玩管子，六个月都乐此不疲。"

她给我们播放一段视频，解释说："这是老师把家具厂做椅座的废料拿回去，看会发生什么。这是一个老师的记录视频，是她交的作业。孩子在玩的时候，老师不要干预，不要说话。你们看，在这段视频中，开始老师没有干预，让孩子自己做，老师保持着自己的好奇心，看孩子在做什么。她问一个男孩：'你在干什么呢？'孩子说：'我在做饭呢！'问一个小女孩：'你在干什么呢？是坐公交车去哪里玩吗？'女孩说：'我正在看电视呢！'对老师来说，她的经验就是在坐公交车，但对孩子来说她没有坐过公交车，没这个概念。而'看电视'是经常发生的，这是孩子的生活经历。所以，不是我们在教孩子，而是孩子在告诉我们。从孩子身上可以看到他父母的日常生活。孩子说他在看电视，是在看足球赛，而这正是他爸爸妈妈平时做的事。"

以上是我记录的翻译内容，尽可能把两位老师的话记录下来。每一句话都耐人寻味，回味无穷。

吃了午饭，Kåre 从外面捡了三片叶子进来，把我们带到投影仪前，先让我们仔细观察三片叶子，分别是绿色的、黄色的、褐色的。

他问我们有什么联想，我们纷纷说，分别代表生命力旺盛、生命开始枯萎和死亡。然后他又让我们说从形状上看像什么，有的说像手掌，有的说像扇子，有的说像地图……他将叶子放在一个玻璃箱上，把灯打开，在灯光的映射下，叶子有些透明。他问我们看到那些叶脉会想到什么，我说想到一棵树，他说还可以想到人体的血管。如果这样给孩子讲，就与生命教育联系在一起了，包括死亡教育。

他又把三片叶子投射在投影仪上，又从光和影的角度给我们讲叶子。他说："小小的叶子可以从许多方面给孩子讲。每当这时孩子们会问很多他们感到好奇的问题，他们会由此开始研究，这就对我们老师提出了要求。当我把树叶交给孩子时，我就退出了，我尽量不干预孩子的研究，我只让孩子知道我在哪里，当他需要我的时候知道去哪里找我。"

他还说："在使用这个设备时，孩子会出现许多状况，比如把光挡住了,影子就出不来,他们会感到奇怪。这时候老师不要去告诉他们怎么做,而要让他们自己去尝试。目的不是让他们成功地使用这个设备,而是在不断尝试中学习,一定要给他们足够的时间解决问题。有时候我们设计一些东西却担心孩子搞不定,达不到我们预期的目的,这不要紧,这不叫失败,只是督促我们学习的一个机会。"

他指着周围的东西说:"这些都是原材料和工具,你们去创作。现在分组,三人或四人一组。为什么要三四个人一组?因为两个人叫对话,三个人叫交流。我们不只是要做一个东西,而是大家做好后,还要交流。让大家猜你做的什么。"

我和陈晓红、徐莉、李婷一个小组,我们经过商量,决定根据一些废料的材质和形状做成一艘奇特的船;杨静她们组的作品是嫦娥和美人鱼组合,表达中国和丹麦的文化交流;路方那个组做的是一个花篮;雷冬梅那个组用废料做成一件衣服,让雷冬梅穿上。在看每个组的作品时,每个组都派代表解释。

我是这样解释我们组的作品的:"我们这个作品的主题叫'战争与和平'。这表面上看是一艘普通的船,船头站着新娘和新郎,一对新人正在船上举行婚礼。但这其实是伪装的战舰,是去执行反恐任务的,因为怕遭遇袭击,所以伪装成普通的婚礼船。一旦遭遇恐怖袭击,这船马上可以发射炮弹,投入战斗……"

大家哈哈大笑。

Kåre 点评道:"你们用普通的制作,表现了一个重大的主题。"

其实,如果论制作,我们不是最好的,我个人觉得做得最精致的是花篮,最有创意的是那件衣服,最具文化含量的是嫦娥和美人鱼。

但 Kåre 说:"我们不评价谁做得最好,那不是最重要的,最重要的是制作过程中的对话和交流。"

他还说:"你们做的时候我也在学习。刚才用三片叶子,用不同的设备呈现教育过程。我们刚才都经历了,今天你们的经历都很丰富和精彩。

Part 2　再访丹麦

你们可以选择自己做什么。我更多地了解到，我们能够很快地达成共识并创作出作品，这过程中的沟通是最重要的，我们会更多聚焦于这个作品如何呈现出来。我跟孩子交流时，主要不会看作品，而更注意过程。这是用原材料做作品的目的。还有一点，有一个组笑声特别多，这是特别重要的。丹麦大多数孩子非常喜欢上学，他们喜欢老师，喜欢同学，喜欢学校，而我们读书的时候都不愿上学。学校应该是孩子从家庭出来后另一个值得信任的地方。"

Karin 说："我们都有一个任务——创造未来。我的喜悦来自你们每一个人都有想法，彼此都信任。"

Kåre 说："每次孩子来的时候，我都希望孩子觉得这是他最喜欢的地方。这是我们为孩子创造的空间。"

一天的经历，让我收获颇多。第一次见到这么奇特的教学方式——其实还不是"教学方式"，而是一种学习方式。被废弃的材料居然有这么神奇的作用！与两位老师告别了，可我一直在回味他俩说的话，真的叫"隽永"。

自由，
是人类飞翔的翅膀

2018年10月22日 星期一 晴

此刻，国航班机正从哥本哈根飞往北京。我在万米高空，写第二次到丹麦的最后一篇日记。

这次到丹麦，结识了一批新的年轻朋友，他们的青春活力感染了我，让我也变得年轻了。昨晚举行结业典礼，我们又聚在那间小小的教室里联欢：唱歌、跳舞，还有三句半……

我给大家讲笑话，还用口琴吹奏了《火车向着韶山跑》《梁山伯与祝英台》。大家开怀大笑，又难舍难分。

因为各自的航班不同，我与多数老师已经分别。说实话，回去以后大家都忙，能否再见还真是个未知数。想到这里，有些伤感，但他们这两周留给我的印象将是永远的。

刚到北菲茵民众学院没几天，我还不能全部叫出这群年轻人的名字，但在教室外面的草坪上，我们穿着 Lisa Van 老师带来的儿童剧服装做老鹰捉小鸡的游戏时，疯成一团：一会儿我是鸡妈妈，拼死呵护着我的孩子们，他们在我身后欢笑着、跳跃着，如一条长龙大幅度地摇来摆去；一会儿我当老鹰，穷凶极恶地向他们扑去，他们在我面前，惊恐地尖叫着、躲闪着，如一群弹尽粮绝的残兵败将，溃不成军……然后我们又玩猫捉老鼠的游戏，互相回避又彼此冲撞，惊慌失措而四处逃窜。我们的笑声冲天而起，从草坪飞向原野。

我想起前几天我们一起去看安赛龙（维克托·阿萨尔森的中文名）比

赛的情景。说实话，以前我对安赛龙这个名字不熟悉，到了丹麦才知道1994年出生的他，是世界顶尖级的羽毛球选手。

不但在丹麦，在中国他也有许多拥趸，比如我身边这群年轻人。许多中国人喜欢安赛龙，还有一个原因，就是他热爱中国文化，能说一口流利的中文。他说他最崇拜的人是中国的羽坛名将林丹。当然，他长得非常帅，自然粉丝无数。

那天晚上我们是特意去体育馆看他的比赛，大家都抱着瞻仰明星的激动心情前往，事实上安赛龙也的确是明星。比赛时远远地看着他跳跃腾飞的身影，我为他拍了一组照片。虽然我不是专业摄影师，水平的确有限，而且看台上的我距离他比较远，但多少也抓住了他的一些风采与雄姿。

比赛结束后，他一走出来，大家就围上去了。24岁的小伙子的确英气逼人，而且一点架子都没有，一一给大家签名、合影。路方拿出一本安赛龙的自传让他签名，安赛龙一边签，一边还问她："看得懂吗？"我没和他合影，因为我在拍照。

我当时没有急着和他合影还有一个原因是，安赛龙已经答应出任"安幼"的形象大使，过几天将到北菲茵民众学院和"安幼"学员见面，组织

方还安排了我和他对话。对这场对话，我当然乐意，因为一位丹麦体育巨星和一个中国中学教师对话，想必会很有趣。但遗憾的是，后来因为安赛龙的比赛安排突然作了调整，他无法如期前来。我和他没能实现这次"历史性对话"，有点遗憾。我签了一本《爱心与教育》请郭斌老师转赠给安赛龙。

不久，安赛龙父亲来到北菲茵民众学院，代他儿子和我们见面并表达歉意。他父亲送给我一本安赛龙的自传，书的中文译名为《丹麦龙》。我觉得这个书名真好——既点出了安赛龙的国籍，又蕴含着中国文化的元素"龙"，同时这个"龙"也指代作者的中文名"安赛龙"。

后来安赛龙来到北菲茵民众学院时，和他见面的已经是"安幼"第六期学员了。依然担任翻译的郭斌老师代我把《爱心与教育》送给了安赛龙。安赛龙很高兴，专门拍了一张拿着拙著的照片。他也给了郭斌老师一本有他签名的《丹麦龙》，请她转赠与我。他可能不知道——也可能是忘记了，他父亲已经送过我这本书了。

这群可爱的年轻人还是我故事的忠实听众。几天前的一个晚上，学院安排我作了一个讲座，主题是"教育是心灵的艺术"。他们全来给我捧场，而且听得非常专注，感动时热泪盈眶，开怀时哈哈大笑。

其实听众大多是当地华人，也有远道而来的。其中有一位美丽的女士来得很早，看见我后很热情地迎上来，说："李老师，我叫陈琍，是您在乐山一中的学生！"但我对她没有印象。她补充说："您没当我班主任，因为您当时教高90届，而我是高89届的学生。但那时我常常在您的教室外面听您给学生朗读小说、诗歌……"她说她在丹麦获得博士学位后，去美国做博士后，现在在欧登塞的南丹麦大学从事研究干细胞分化和组织再生的工作。听说我今天要作讲座，专程驱车赶来，还带着爱人和孩子。

她是专程而来，于我而言，却是意外相逢。在远离祖国万里之外的丹麦，能够邂逅几十年前的学生，真让我惊喜、感动。

我的讲座依然是讲故事——我和我学生的故事，通过故事讲述我的教育理解和教育实践。人性都是相通的，尽管听众不全是教育者，但他们都被打动了。郭斌老师为座中的丹麦听众担任翻译。尽管丹麦教育值得我们学习的地方很多，但我能够把中国的教育故事传播到丹麦，并感动丹麦人，我很自豪。

难忘这群年轻的朋友,每天早晨陪着我疾走晨练。我有每天早晨疾走的习惯,一般是来回走六公里。10月的丹麦,早晨一般得7点钟以后天才亮,但我总是6点半就出门了。北菲茵学院民众没有校门,走出校舍便是原野。一帮年轻人便跟着我,在黑乎乎的乡村小道上大步流星往前走。有时候我们用手机上的"手电筒"照亮道路。她们要我讲故事,我便讲我从小到大的成长故事:从小学到大学的求学经历、"文革"时我家庭的不幸、当知青时的生活、1977年考大学的传奇、从教之初的探索,甚至包括我谈恋爱和结婚……她们听得津津有味,完全像一群孩子,我一下觉得她们就是我的学生。

这些当然不是一个早晨讲完的,每天早晨的讲述,都是在"后来究竟怎样了呢?好,今天就讲到这里。欲知后事如何,且听明天分解"中结束的,她们自然是一阵惋惜,然后第二天又早早出门,陪着我晨练,又继续听我讲故事。

每天早晨刚出门时,多数时候暗蓝色的天幕上还有星星和月亮,走着走着,东方的天空开始泛红,渐渐地霞光满天,我便临时中断讲述,拿出随身携带的相机给年轻人拍照,美丽的曙色中,青春的剪影格外迷人。

大概走三公里,我们便走到了海边,那里有一个风车沐浴着晨晖,特别庄严醒目。回来的路上,太阳渐渐升起,我们沐浴着阳光,感觉和太阳一起飞翔。路边的泥土、灌木、青草和蒲公英都散发出浓烈的生命气息。

偶尔我是一个人骑车出门,因为我要去相对远一点的地方拍日出。记得那天早晨,我算了算去拍摄点需要的时间,6点刚过便骑车出门了。

我们所在的北菲茵,并非"著名景区",或者说谈不上景区,但目之所及都是风景。在乡村小道上独自前行,将自行车神秘的剪影定格在晨曦初露的天幕上。随着天色渐渐发亮,曾经被内蒙古呼伦贝尔大草原陶醉的我,现在又被丹麦的原野震撼了心灵。

舒展的草坪或平整的庄稼如绿毯一般一直铺到天边。偶尔也有坡地,但并不陡,舒缓而柔软的曲线如同起伏的波浪。

远远看去，原野上有悠闲转动着叶片的风车，还有仪仗队一般庄严整齐的乔木，护卫着由童话般风格的尖顶小屋所组成的农舍。农舍前的草坪上，躺着懒洋洋的小狗。

太阳出来了。阳光慷慨地倾泻在大地上，每一寸泥土，每一片树叶，每一块水面，每一个屋顶，都闪烁着感激的光芒。

蒲公英高昂着纯真的头颅，幻想着飞翔的翅膀。

一棵独立的树，屹立在广袤的原野上。在蓝天的映衬下，孤独而优雅。

斑斓的秋叶，在脚下堆积，沉睡着，酝酿着下一个春天的梦想。

在丹麦，除了蓝天、白云、绿野、碧海，我和这群年轻人还常常沉醉于那自由的海鸥、大雁以及许多不知名的鸟儿。

在欧登塞，当年安徒生母亲洗衣服的一条小河边，一只只洁白的海鸥翩翩起舞。阳光透过密密的树林，洒在这些精灵的羽翅上，再被抖落在水面。逆光中，海鸥们灵巧的翅膀似乎正扇动起整个世界和它们齐舞。

走在乡间的小路上，阵阵雁鸣常常让我们惊喜。早晨，整个天空一片绯红，一队一队的雁阵从容而舒缓地掠过，或"一"字，或"人"字，或

方形，或椭圆……不断变换着队形，在天地之间表演着大型团体操。而当它们没有任何队形地随意飞时，我感觉那是天女散花，洋洋洒洒……

清晨，满天彩霞中，一只只或一群群海鸥用矫健的翅膀拍打着天空，呼唤着红日喷薄而出。

傍晚，血红的夕阳缓缓下沉，又是一只只或一群群翻飞的海鸥贴着海面，亲吻着落日，依依不舍。当太阳终于沉入海中，我看到深红的海水溅上天幕，化作片片血红的云彩，而那几只披着红色霞光徘徊流连的海鸥，恰如还在飞溅的血花。

看到这些海鸥和大雁，我惊叹的同时也暗生自卑。和它们相比，人类是何等无能，只能贴着地面行走，而无缘看到更诗意的远方。

但人类的进化以及人类社会的进步，又是任何飞禽所不及的，尤其是各种航空器乃至宇宙飞船的诞生，让人类能够借此飞到任何鸟类所望尘莫及的空间。

而这，有赖于想象与创造的自由。只要有这份自由，就没有人类去不了的地方。扼杀了自由，人类真的就寸步难行了。

所以，每当我和小伙伴们的目光追逐着海鸥和大雁飞翔时，我总是对他们说："自由，是人类飞翔的翅膀。"

我们还经常一起去海边看日出和日落。博恩瑟小镇的港口边是观日出和日落的最佳处，站在海边同一个位置，早晨可以看着太阳从东方冉冉升起，傍晚可以看着夕阳从西边缓缓下沉。北菲茵民众学院离博恩瑟小镇三公里多，我和小伙伴们曾经在早晨步行去，有时候也骑自行车去，我们一起目睹朝晖夕阴，一起置身星辰大海，一次次为自然所折服，一次次为宇宙所震撼。

当把在海边所拍的奇景发到微信朋友圈时，有朋友说我拍日出日落拍成"强迫症"了。在他们看来，太阳还是那个太阳，天天如此，有什么不一样呢？值得每天去拍吗？

当然值得。不同季节，不同地点，太阳都会呈现出不同的美。就算是同一季节、同一地点，由于每天空中的云彩多少不同、分布姿态各异，同一轮太阳也会带给我别样的惊喜。

最近我在丹麦的博恩瑟小镇海边，早晨看东边日出，傍晚看西边日落。有堤岸，有草坪，有山坡，有教堂，有树丛，有海鸥……有时是云霞满天，倒映在平静的海面上，海天同色，一望无垠；有时是晴空无云，一架架飞机飞过，机尾的白雾在空中划出一道道美丽的弧线。太阳往往从树丛中升起，瞬间便跃上天空，长长的金色倒影印在海面上，在粼粼的波纹中晃动。

落日也很美，一点点下沉，似乎依依不舍，又义无反顾。最后，夕阳在坠入云层或大海之前，仿佛喷尽所有的热血，染红了大海，染红了天空，染红了整个世界。

血色中，几只或一群海鸥飞翔着，呐喊着，歌唱着这壮烈的生命。

我们参加的是"安幼"第五期培训，而这个培训活动将一期又一期延

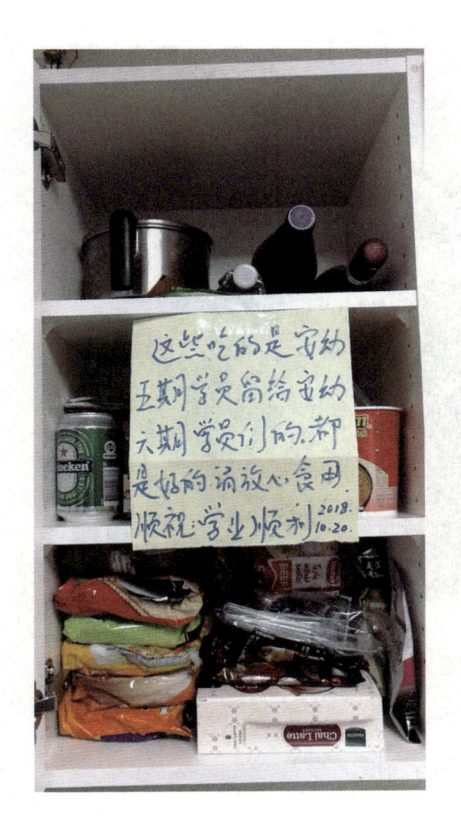

续下去……我们走了，还将有一批批年轻人再来到这里。离开北菲茵民众学院前夕，我们把教室和宿舍打扫得干干净净。路方特意把她买的一个电饭锅留在教室的壁柜里，留给下期学员用。壁柜里还装着包括方便面在内的各种食品，上面贴着一张纸条："这些吃的是安幼五期学员留给安幼六期学员们的，都是好的，请放心食用。顺祝：学业顺利"。

那天，我们在教室外的空地上，每人轮流上场挥动铲子，除去杂草，一起种下格桑花，也种下我们对"安幼"的祝福。

当时天气阴冷，但我们心中充满阳光也充盈着暖意，因为我们想象着未来我们亲手种下的格桑花，在阳光下绽放着，微笑着……

这是我们对中国教育的美好的祝福与憧憬。

Part 3

三访丹麦

重返丹麦
北菲茵民众学院

2023年5月1日 星期一 晴

我第三次去丹麦了。这次是应邀赴丹麦出席第四届中丹教育论坛，我荣幸担任该论坛的中方主席。

中丹教育论坛由中国教育三十人论坛与丹麦终身学习计划协会联合主办。因为疫情，前三届都在线上举行。疫情管控放松后，第四届在丹麦北菲茵民众学院举行。

已经举办的三届中丹教育论坛，均关注教育幸福的话题，但侧重点不一样。

第四届中丹教育论坛围绕ChatGPT与教育展开讨论。

丹麦制作的海报上这样表述第四届中丹教育论坛的主题——

幸福和安全的学习环境，是所有学习的首要基础。

如何确保学生和教育工作者可以准备好，"全副武装"地应对ChatGPT的到来？

ChatGPT带来的影响究竟是什么？

对于人类未来，ChatGPT 是一种威胁还是一份礼物？

我们怎样以一种有益的方式来拥抱人工智能？

第四届中丹教育论坛，邀请来自中国和丹麦的六组嘉宾，以对话的方式，分别从学生、家长、教育工作者等不同角度，一起来讨论福祉、学习，以及 ChatGPT 带来的影响和冲击。

上面的文字译自英文，不是特别流畅，但大体意思还是清楚的，就是这次论坛主要是讨论"人工智能与教育变革"。

从北京出发，经过大约 9 小时的飞行，我们于当地时间下午 5 点多着陆哥本哈根。

北菲茵民众学院前院长摩根和翻译郭斌来接我们。摩根一上来便给了我一个大大的拥抱。然后他亲自开车送我们去北菲茵民众学院。200 多公里的路程，一路上风光迷人。夕阳下的原野，金黄的油菜花，朴素的农舍……到处都像被人修剪过一样精致，又像油画一般美丽。

快到北菲茵民众学院时，周围环境一下子变得熟悉起来，那小路，那茅屋，那水塘……

进了学校，我简直有些激动了。五年了，草坪中间的那个洁白的和平鸽雕塑没变，我们吃饭的餐厅没变，我们住过的小平房也没变，连从餐厅通往小平房的小路都没变，小路上的拱门也还在呢！

丽萨在校园里迎接我们。我拿出拙著《旅行，与世界对话》送给她。扉页上我用英文写着——

Dear Lisa,

I am eternally grateful to you.Welcome to Chengdu at anytime. I'll always be there waiting for your coming.

From Li Zhenxi
May 1, 2023

翻译成中文——

亲爱的丽萨：

  我永远感激你。欢迎你随时到成都。我会一直在那里等你的到来。

李镇西
2023 年 5 月 1 日

  她伸出大拇指夸我英文写得好。我笑着说："是我朋友翻译成英文，

我抄写的。"她给了我一个拥抱，表示感谢。

还是住五年前来住过的平房小屋，非常温馨。

刚刚把行李放好，我便拿出无人机，让它在草坪上飞了起来。在无人机的视角下，沐浴在夕晖中的北菲茵民众学院格外美丽。

晚上，举行了一个讲座，介绍民众学院的渊源和由来。

主讲人是 Lene Rachel Andersen，《北欧秘诀》（The Nordic Secret）的作者。

下面是我的现场记录——

关于培智（Bildung），有两种情况。第一种是一个人的知识可以传递给别人，比如数学教学，做面包。会就会，不会就不会，这是可以评估的。这是一种平行的传递。还有一种是不能传递的，比如人的经历，关于爱，关于情感，这些东西是无法传递的。每一个人的经历是无法复制给别人的，只能自己积累和感受，这是垂直的体验。当然，个人的有些经验是可以与他人共享的，比如失恋。但这是很难被定义的。这是非常个体的，

是很自我的，是不可能完全传递给别人的。当然，个人的经验也一定与社会环境相联系。

培智就包括了这两种情况。也就是说，它不只是知识的传授，它在水平层面强调与他人和世界的联系，而在垂直层面强调的是个人道德和主体意识。

英国思想家莎夫茨伯里（Shaftesbury）提出有三种美：一是人造物和自然事物的美，二是思想和动作等的美，三是心灵的美。

休谟建立了一个欧洲人关于美的基础。

卢梭1762年出版了《爱弥儿》，他更多地强调用情感的方式（而不是启蒙主义式的理性）养育孩子。他是第一个真正"发现儿童"的人，他把孩子看成一个独立的人，而不是没长大的人。

一个人的成长，应该是身体和心智成为一个完整的结合体的过程。人是有情感的，而不是纯粹理智的。

赫尔德是谈成年人心智发展的。

歌德不仅是文学家，还做过教育部长。

席勒是剧作家、诗人和哲学家，他的贡献主要在从美（学）的角度分析人的心智发展。他说，人可以分为三种：第一种，被自己的情绪所控制，这种人实际上不是自由的人。第二种，摆脱情绪的控制，更加理性，但他按照周围的人（社会习俗）来行事。如果被社会习俗所控制，也是不自由的。第三种，既能时刻了解自己的情绪又能知道其他人对自己的期望，在自己的生活中，平衡这两种关系进而作出抉择，明白什么是对的。这个过程就是培智，这个结果也是培智。

怎样做到呢？席勒是从美学角度进行分析和诠释的。

在人的第一阶段，你要想摆脱自己的情绪，必须在自己和他人之间找到美的定义，摆脱自己的情绪对自己的控制。第二阶段的特征，是保持理性和对别人的顺从，这种美是从众的美。只有摆脱了自己情绪和别人控制的美，才是自由的美。

席勒是什么时候形成这些思想的呢？是在1789年的法国大革命，封建君主被革命者砍头。这是一场暴力革命。

当时的欧洲渴望建立像美国一样真正自由的社会，所以对法国大革命非常期待，但看到血流成河，受到很大的打击。席勒便帮助法国人反思，为什么法国不能建立像美国一样的社会？他的结论是，有一种人被自己的情绪控制，根本不自由，见到血就希望看到更多的血，不可能建立理想的社会。还有一种人从众，是跟风的人，也很快加入暴力的行列。这两种人都不配拥有政治上的自由。只有摆脱了情绪和别人控制的第三种人才有资格拥有政治上的自由。所以席勒就把培智和政治自由串联了起来。

还有很多人在培智方面贡献良多，如教育家裴斯泰洛奇、洪堡，哲学家康德、费希特等。

费希特强调人有一种反阻（pushback）的能力，心智才能真正培养起来。当在真实世界里有人打压你的时候，你再去思考，才能真正成熟。

格隆维影响很大。他从德国哲学和英国的经历中，发现了民族认同和自我确立、生命唤醒的重要性。他认为培智不是仅仅给富人的，而应该给所有人。

战争之后，丹麦越来越小，1848年格隆维开始思考丹麦的培智是什么。

后来战争以和谈结束了。格隆维等人意识到，我们失败了，需要民众教育。于是开始有民众学院。人不多，教学方式接近传统，很多学生讨厌它。第一所民众学院只有25个人。直到这个人出现——科尔德（Kold）。他迭代了民众学院。

科尔德式民众学院的教学特点是：第一，分享人生故事，师生以对话的方式交流。第二，民众学院像家庭一样，安全、自由、放松。第三，没有考试，没有毕业证。来的人动机很简单，就是想成长，不是为了获得结业证书。

1864年，丹麦又开始打仗了，国土又缩小了。丹麦人恐慌了，觉得必须做点什么。他们觉得需要更多的民众学院。如果当时没有这么严重的危机，也许不会推进民众学院的发展。之后，民众学院逐年快速地增多，到1900年达到100多所。挪威、瑞典、芬兰也都建立了民众学院。

美国的迈尔斯·霍顿（Myles Horton）意识到，无论谁都需要成人教育，特别是美国南方的黑人。1928年他从丹麦学习后回美国开始做民众教育。他创立了高地（Highland）民众学院。美国"民权运动之母"罗莎·帕克斯在高地待了两周，她拒绝在公交车上给白人让座的事件，改变了她的人生，也改变了美国的历史。马丁·路德·金的运动中，许多骨干都曾经是高地的学生。因此，民众学院改变了美国的民权运动。

我在第一次来丹麦时，曾经向朋友们介绍过丹麦的民众学院，它其实就是成人教育的学校，但没有统一的学制，也不考试，更没结业证书。学员们国籍不同，年龄相差也很大。大家没有任何"拿文凭"的功利，甚至没有"学知识"的功利，就是想更好地成长。这里是一个人生驿站，让心灵休息的同时又更加丰富和强大。不知不觉晚上10点过了，北京时间已经是凌晨。

"和学生一起建设学校"

2023年5月2日 星期二 晴

　　昨晚很疲惫，所以 11 点就睡了。中途醒来以为应该是凌晨四五点钟了，结果一看时间，才零点过。继续睡，却很吃力了。就这样平均一个小时醒一次，到了 3 点多，再也睡不着了。

　　掀开窗帘，哇，一轮月亮明晃晃地垂在朦朦胧胧的原野与墨蓝色天空的交界处。天还没亮，但天空深蓝，特别晴朗，天上还有云彩，云彩之间有星星。

我赶忙拿起相机出门，刚把三脚架安好，手就冻僵了。于是草草拍了两张，便回屋子了。

我半躺在床上，整理昨天的听课笔记。

天渐渐亮了，我拿着无人机又出了门。从显示屏上看，辽阔的原野朦胧而鲜明，感觉大地是湿漉漉的。天上很少有云彩，只有丝丝缕缕的彩霞飘在空中，太阳还没有升起，但喷薄欲出。我开始摄像，随着镜头的摇动，太阳一点点地升腾起来，好像没有过渡，瞬间大地便沐浴在朝晖之中了。

大地上的一切——房舍、树木、池塘、庄稼……都是簇新的，如同被水洗过一样。

8点45分，我们参加了民众学院的晨歌活动。在饭厅，来自各个国家的学员聚集于此，他们唱了一首特别优美和谐的歌。摩根解释说，这是一个传统，学员们经常要集体合唱一首歌。他给我们看了看歌本，有好几百首歌。歌曲的主题有爱，有信仰，有对大自然四季的描绘与歌颂……这些歌有的是历史上流传下来的，也有新创作的，许多是流传久远的民歌。

这个活动的目的，是让不同国度、不同年龄、不同个性的学生有一个融合的机会。在歌唱中，大家都成了一家人。

晨歌活动结束后，是学生分享的时刻。几个来自不同国家的学生讲述自己印象深刻的一次人生经历。分享的都是年轻人，不管是男孩还是女孩，都自信大方、阳光开朗。有的讲自己的恋爱经历，有的讲自己的追星过程，有的就是讲一次乘坐飞机的体验……每一个人的故事虽不一样，但都给人以人生的启迪。

活动结束后，摩根带着我们参观校园。尽管这是第三次来北菲茵民众学院了，但因为前两次都是侧重于了解、学习"安幼"的课程，所以对校园本身还是不太熟悉，对民众学院的课程也不熟悉。

摩根先把我们带到校园里的那座洁白的和平鸽雕塑前，说："每一个来到学校的人，首先看到的是这只鸽子。我们的想法是，让来自不同地方的学生都怀着爱，同时这份爱需要每一个人都去拥抱别人，因此，鸽子的翅膀造型为拥抱的形象。"他说，这个雕塑是古巴两位艺术家的作品。

在一座平房前，还有一个男子的雕塑。他下半身陷在地下，上半身努力向上挣扎。大家一看他的面部，便知道这是曼德拉的形象。摩根说："这是古巴艺术家的作品，纪念曼德拉为自由和平而不懈奋斗的一生。"

来到一幢小房子前,洁白的墙上挂着色彩不同的小木箱,摩根说这些木箱是为鸟筑的家。木箱上写着世界各大著名酒店的名字:希尔顿、喜来登……他要我们猜,为什么这些木箱上面写着这些酒店的名字?我们都猜不着。他说:"意思是我们要把鸟类当作朋友一般,请它们住进最好的酒店!"在转悠的过程中,我们和摩根时不时讨论一些话题。比如,谈到孩子迟到后要不要惩罚的问题,摩根认为不必惩罚。我们说:"不纠正孩子迟到的缺点怎么行呢?养成不守时的习惯可不好。"他说:"每一个迟到孩子的背后可能都有我们不知道的原因和故事,我们不能简单地惩罚。"我们说:"长期养成迟到习惯,对自己不好,也对别人不尊重。"他说:"比起强行要孩子不迟到,最好的办法是唤醒他的内心,让他逐步意识到迟到的不好,进而发自内心地战胜自己,纠正迟到的习惯。"

我是赞成摩根的观点的，但是如今有多少老师会这样想问题呢？

下午，我们参观一所自由学校教师培训学院——Ollerup Teacher School。

下面是校长 Rasmus Kolby 介绍时我的记录——

我在这里两年了。我之前是民众学院的老师。这所学校有 75 年的历史了。二战后的 1949 年，需要专门适合自由学校的老师，而那时候师范学校主要培养的是公立学校的老师。自由学校的体系逐渐被国家认同，学生到自由学校读书，国家同样在财政上支持，但不干涉学校，老师怎么做、怎么教，自己决定。同样，这所学校怎么办、怎么做，校长一个人就可以决定。

本校基本的课程和学科设置与师范学院没区别。但培养老师的方式不同。我们的学生毕业后是去哪里工作？是去自由学校。比如同样是学语言，但我们的学习方法是不一样的。我们的学生以后去教自由学校的学生，就要去适应那里的学生。我们很少在台上教学生怎样成为老师，而是与学生进行有深度的讨论交流。

这需要时间让我们和学生融合，不只是在课堂上。75%的学生都住校，在人际交往方面，和民众学院比较接近。每天早晨有晨会、晨歌，午餐也在一块儿吃。他们在学习也在生活，教学和其他活动是交叉的，人与人之间的联系是全方位的。这里没有课程标准和课程大纲，课程由我们自己决定。这是和其他师范学院的区别。

我们没有课程体系，但课程价值是有的，每一个课程的教学方式都由学生和老师共创，都在同一个高度去创造。每一个层级、每一个人都要主动贡献。包括学生，不能等待老师来"教"。当然，不是一开始就是这样的，有一个过程。这里没有考试，但是会有一个评估。每一门课结束都需要评价。教师对学生会有一个过程性评价。五年后有一个总体评价。

我们采用的是过程评价。考试很多时候有运气的成分。我们有作业，但不是问答式的，而是阅读文献后写作，有点类似于项目式学习。没有通不过的学生。最终校长可以根据综合情况判断学生是否适合自由学校教师培训学院的学习，如果某学生不适合这里的学习，那就中止学习。

当然，我和教师会跟这个学生讨论沟通，说明他将来不适合在自由学校教书。

目前我校有200个学生，两年来有十来个学生不适合。

我这个校长虽然可以决定一切，但我往往是根据老师们的反馈来作决定的。

所有课程都是讨论式的学习。开什么课程由校长、教师和理事会决定。那么我们开什么课呢？有两大部分：一是核心课程和基础课程，比如英语等，占40%，我们会用心设计；二是有相当一部分选修课，学生将来从事教师职业还需要学什么，我们就开什么课程。

新学生来的时候，用什么方式上课呢？一年级开始就是讨论式的，但讨论的方式有所不同。前两年的讨论是围绕科学展开，话题、主题由老师设计的多一些。后三年学生和老师更平等，学生参与话题设计就多一些。

本校学生培养成功的标准是什么呢？我们毕竟不是民众学院，学生必须拥有技能，拥有关于人的完整心智成长的培养能力，是很重要的。学生中肯定有和我不同想法的，但每个班25个学生一定要和我一起投入，这就是能力，这是必须的。学生在这过程中，要学会妥协，师生、生生之间会有不同观点，我们要教会学生妥协，在妥协中找到合理的方案。包括在学生的整个社会生活中，我们都要帮助学生。

如何应对家长呢？不同年级的情况不一样。丹麦现在的趋势是家长对学校的要求越来越高。我小时候，家长是从不干预学校的，但现在许多家长要干预。这就需要教会学生和不同的家长沟通。

陪我们一起参观的梅特老师是北菲茵民众学院的老师，五年前她给我们上过课。她是这所学校毕业的校友。校长介绍完后，她也给我们谈了她的感受。下面是我不完整的记录——

我在这所学校读了五年，我12岁就知道要来这里读书。因为我在小学就读的是自由学校,我的一位老师很了不起,我喜欢她,她就是这所学校毕业的。当时我想,我一定要去她读过的学校读书。

大家看墙上这幅画,你们在上面看到了什么?太阳,海水,天空,小溪,农夫……有一首歌唱的就是:"太阳是跟着农民走的,而不是跟着精英走。"画上的这个农民就是自然的一部分。画的一角有一座桥,通过这座桥能到达学校。这就是"教育""养成"和"启蒙"。

丹麦自由学校体系主要由三部分组成:自由学校(涵盖0—9年级,提供基础教育)、青年学校(针对青春期孩子)、民众学院(针对成年人)。

自由学校的特征就是以格隆维的教育思想办学。

下午,我们来到音乐青年学校。

下面是校长 Mette Sanggaard 介绍时我的一些记录——

本校最早是民众学院,1997年变成音乐青年学校。

自由学校都是自治且独立的、当地的人一起投资并由政府补贴建立的学校。

目前，学校有115名学生，年龄集中在14～17岁。在学校，大家都是平等的。首先我们过得非常快乐，其次我们拥有技能，此外，我们把方方面面都投入到这所学校，超越了专业职业技能。

学校的特色是音乐。我们有些学生有音乐家的潜质。学生来这所学校不需要任何考试。来的时候有没有什么能力不重要，但来了之后必须积极参与，这点非常重要。学校让学生被激励，想学习，想发展。这是我们对学生的唯一要求。

自由学校，其实就是启蒙生活、启蒙生命，对学生进行关于民主的、公民的教育。学生不仅接受教育，也完成个人成长。学生都住校，教师也是学生生活的看护者。

我们的价值观就是格隆维和科尔德所倡导的思想。

第一个就是平等和公平。我们尊重不同的角色和不同人所处的角度。我们相信对话，特别是对于类似于成人的青春期孩子。我们不是给学生办学校，而是和学生一起建设学校。

正如格隆维所说，在生活方面没有谁比谁更有智慧，应该在更加开放的情况下，竭尽所能启发彼此，就像生活本来的样子。

我经常征求学生的意见，和他们对话。

无论是谁，我们首先是人，平等的人。我们看学生，是和学生同样的高度。我们诚实，我们平视。

还有一个关键词是自由，这和信任、责任联系在一起。不是告诉他们什么是自由，而是在和他们的互动中，建立信任和责任，从而再去定义什么是自由。

这么多的学生都在一起，笼统地谈自由是不行的。格隆维说，谈自由，要聚焦于和他人的共同福祉。在教室和宿舍等空间里，都是有共同规则的。青年学校是建立自由边界的最好的地方，因为学生正处于青春期，自由和责任必须联系在一起。我们是一个群体，每个人都有义务和责任与大家在一起，不能随意行动。

学生是经自由选择到这所学校来的，是自由地来的，来了之后就有责任，在一定框架内尽责任，进而达到自由。比如，5个人组成一个"家庭"，有导师，有学生，要为大家的福祉共同生活。9~10个人住一个房间，学生不能自由挑选。

每一个人都要参与和融入，强调家庭感，彼此之间要照顾。

每周都有一个大型活动，为大家提供融合的机会，比如晨歌、晨会。吃饭时间也是对话的时候。

学生也要上文化课，课程和其他公立学校一样。也要参加初中毕业统考，但考试是不强求的，比如如果你做了项目，就不用考试。法律规定必须受教育，但不一定要考试。

本校课程和其他学校相同，但考试可以不一样。因为不参加考试，教的内容也不完全一样。可以规定上什么课，但不规定具体讲什么。这就给了学校很大的自主空间。学校的一切都由校长决定，但校长背后还有理事会。

在音乐里，渗透了我们所有的价值观。音乐是我们快乐的源泉，构筑了我们的共同感。

结束后，一男一女两个孩子带着我们参观学校。女孩17岁，男孩16岁，刚见面时他们有点羞涩，但在带着我们参观的路上给我们讲解，表现得越来越落落大方。

在录音棚，我们请他俩为我们唱一首歌，他们很爽快地答应了，但就在男孩坐在钢琴前的时候，他突然说不方便唱，他解释说，这首歌是集体创作的，来不及征求其他小伙伴的意见，不便给我们唱。这个理由让我很吃惊，同时也感叹他们对团队伙伴的尊重。然后，他俩给我们唱了一个作曲家的作品。

他俩带我们去参观他们的宿舍，走进一间宿舍，我就笑了，对男孩说："这是你的宿舍吧？"他有些不好意思地笑着点头。因为整个宿舍乱

七八糟，大概率是男孩的。

走出了学生宿舍，看到校园如此美丽，我很想飞无人机航拍。我就问两个孩子，校园可否飞无人机？郭斌老师告诉我，他们说可以让我飞，如果有人来干预，就说是他们同意我飞的，还拍照为证。

我大为感动，想到刚才校长说的"和学生一起建设学校""责任"，两个孩子能够做主和担责，这就是学校的主人，这就是自由与责任。

路过食堂时，我发现食堂门外有专门放手机的插槽。原来，学校规定，一走进食堂必须将手机放在门外，因为吃饭时间是彼此对话的最自然最宝贵的机会之一，如果人人带着手机进去，这种机会就没有了。我们问校长："学生进教室是否需要把手机放在教室门外？"校长说："不需要。"

在音乐青年学校，我最大的感受是，不是通过说教而是让学生在自然而然的生活中懂得并践行自由与责任。

晚上，一位牧师 Keld Balmer Hansen 给我们作了题为"启蒙和积极公民"的演讲。

牧师讲了他的个人故事：一个是他在丹麦发起创建绿色教堂，调动了很多民众参与，进而推动绿色环保事业；一个是他作为村委会主席，让村民参与建设和治理，进而改变了村子的面貌。他通过这两个故事，说明公民的启蒙，关键是让民众参与。他说："民主文化的形成，一定要有自治和自主，让民众自己发起，否则什么都做不好。这是最基础的民主，就是激活人，激励人，让他们投入他们自己的事业中。"

"对儿童来说，通过玩耍的方式来学是真正有效的学习"

2023年5月3日 星期三 阴晴相间

凌晨3点过我便起来，窗外月明星稀，我拍了几张月亮。本来想拍星空，但月亮太亮，星光很弱。

4点55分，我骑自行车出门，朝博恩瑟进发。

五年前在这里的时候我几乎每天都要骑自行车去博恩瑟，但具体路线有些忘记了。昨天郭斌和丽萨特意开车带我重新熟悉了骑车去博恩瑟的路，把我带到路边有安徒生铜像的地方，让我认清路线。

想到早晨要骑自行车，没手套不行，郭斌又到食堂找年轻人借手套，一位尼泊尔小伙子把他的手套借给了我。

一路上很顺利，用时25分钟到达海边。我用手机拍延时，用索尼微单拍间隔摄影，用无人机拍全景，很是惬意。

但回来时我却迷路了。主要是忘记了该往哪个巷子左拐，经过尝试、探索，我终于找到了回去的路。在回去的路上，我又在高尔夫球场航拍了一会儿。

上午，参观了乐高之都比隆市的Hejnsvig小学。这所小学的特点是

游戏化教学和项目式学习。

　　校长和两位政府教育官员接待了我们,并简单介绍了学校的情况。

　　校长介绍完后,一位高高胖胖的女士过来了,她自我介绍是低龄孩子的老师,也是管理团队的一名成员。她请两个孩子给我们介绍。

　　一个女孩和一个男孩向我们讲解他们正在从事的项目。他们都是四年级的学生。他们目前正在做以水为项目的研究。不同年级的孩子在一起研究,研究又分为许多专题,比如水的重要性、水的运输、水的清洁系统等。

两个孩子刚开始讲的时候，还有一些拘谨，拿着稿子介绍，后来越讲越自然，特别是在回答我们提问的时候，他们非常大方自如。

大车问旁边的那位老师："孩子们一个学期有几个研究项目？"

女教师回答："我们是从去年8月开始这样的教学模式的，至今已经有四个项目了。研究项目很多，比如关于我自己、关于我的学校、关于梦想、关于勇气和力量……"

她还告诉我们，学校除了体育、英语等少数学科，其他学科都围绕孩子们的项目式研究来进行跨学科教学。比如低年级的孩子上数学课，就讲生活中的水，每个月家里要用多少水，这些水值多少钱等。

女孩回答："我们有特别喜欢的项目，比如给自己画一幅肖像，对着镜子画自己。"说着，她拿出一幅自己画的肖像，有几分稚拙，但很像她本人。

我们又问："你最感兴趣的是什么？"

她说："我对画画最感兴趣，其他的，就那么回事！"

我们都笑了，觉得孩子的回答很真实。

真实的不仅仅是回答，还有他们的姿态、动作和表情。如果同我们国内

一些学校的学生讲解来比较,他们就"太不规范"更"太没规矩"了。男孩的帽子都是帽檐朝后戴的。他俩说话时,东张西望,身子摇晃。有时候还翻着白眼想怎么回答我们。但恰恰如此,他们才是真实的四年级的孩子。

接着两个孩子带着我们参观教室。低年级的孩子在研究水的重要性,大一点的孩子有研究水循环的。我们走进一间教室,教室里的孩子在研究水的清洁系统,他们或跪或蹲,对着铺在地上的各种数据和图形在讨论,他们的背后站着一位老师,时不时指点几句。

之后又回到会议室,校长继续给我们讲游戏化教学和项目式学习。

下面是我不完整的记录——

学校目前有166名学生,12名教师。明年将建一个新校区。这个新校区是全校所有师生一起来设计的。新的学校没有教室,一律以项目来划分屋子。我们的想法就是,让包括学生在内的学校所有人都有这样的意识:我们一起在建设学校的路上。

为什么做游戏化教学呢?我们这里是比隆市,比隆市有个总体的教育理念:所有学习通过游戏。但具体采用什么方式,则由学校选择并实施。

政府作所有的决定前都有一个倾听的过程,丹麦所有的决定都是通过民主决策产生的,所有学校的任何成员都可以对政府说,"我"的声音是什么。

我作为校长之所以要做游戏化教学,是因为我坚信,对儿童来说,通过玩耍的方式来学是真正有效的学习。学习当然要通过玩耍。学习的过程是一个经历,一个体验。刚才大家看了关于水的项目,孩子们都非常积极,都全身心参与,他们不只是读书,还有身体的参与。

对每一个孩子来说,和同学合作,跟朋友一起寻找解决方法,他的学习才真正有效。

孩子们在做项目的时候很骄傲,他们做的项目质量很高。

学生们到底学的是什么?学校的总体课程都要融入项目,确定每一个学生都在学习,这也是项目的目标。课程目标没有变,但孩子们学习的方式变了。

对于新校区的文化，我们要思考的是，孩子们是被什么驱动和激励的？那就是好奇心。这份好奇心能让孩子们完全投入和沉浸。所以，他们做的作品是高质量的，他们也为自己的成果而骄傲。

在做项目研究时，还有一个重要的要素，就是孩子之间的互相反馈。这是一种很有效的工作和学习方式。

另外，做了这些又如何表达？学生们要把自己所做的向他们的家长、邻居表达。这也是学生需要培养的一种能力。

这种游戏化和项目式的结合，我们是去年8月开始的，但准备工作做了一年，因为这是全新的。

我们有一个四年规划，做项目期间，我们有顾问的支持，还有经济方面的支持、设备方面的支持。这些经济帮助都由乐高基金支持。

我们的准备工作是和全校师生一起进行的，进行大量的讨论和沟通，最后所有人达成一致。

我曾读了《卓越的伦理》，这本书让我获得很多启示。

我们做的第一个研究项目是"自然的力量"。

孩子们还有一个项目是三天做出一个木头小轮车。成功后,孩子们特别兴奋!

他为我们放了一个视频,视频是小车制造成功后,各个小团队在展示自己的小车。各种木质的小轮车在校园里跑,孩子们都在欢呼。

校长讲完之后,是两位政府女官员讲解——

我们学校的文化价值观都是一样的,那就是让孩子们通过玩耍来学习,最终成为积极公民。但不同学校的文化价值呈现却不一样,每个学校还有自己的价值观和具体要做的事。从政府层面去支持学校,我们至少要准备四年,主要是与学校的员工和学生进行沟通。在做的过程中,我们会根据出现的情况进行调整。

我们在谈游戏化和玩儿的时候,不能只强调玩儿,一定要把孩子成长中所需要具备的内容贯穿进项目中。孩子在成长,未来所需要的素质都应该融进项目中。

之后我们会根据具体情况不断反思、调整。但关键是要让所有人都是积极的、主动的、开心的。所有的项目都是手脑心的结合。

我问:"丹麦有多少学校是这种做法?"

官员回答:"有 15～20 所学校。丹麦的传统越来越回归到全人发展。每半年我们就要在家长中调查,家长都要填调查表。如果调查结果显示家长和孩子们的福祉指数下降了,不喜欢去学校,学校就要反思了。"

我又问:"游戏化和项目式是一回事吗?是通过游戏进行项目化学习吗?"

官员回答:"游戏化教学是一种理念,而项目式研究则是具体的做法。游戏化教学的目的是让孩子们喜欢学习。而课程体系就是落实这种理念,具体的研究也是落实理念。所以一个是理念,一个是方法。"

我们团队的大车校长问:"你们为什么要做项目式研究呢?"

女教师回答:"我们发现女孩的学习比男孩好,不少男孩学习上跟不上,他们喜欢动手。全人发展的理念是,身体、情感、知识、能力都要发展。如果不进行项目式学习而只是学科学习,这些很难实现。"

我不由得感慨,其实,如果说项目式学习本身,在中国也不新鲜,中国许多学校也在做,但丹麦比我们做得更实在。因为中国根本的考试制度没变,所以真正的项目式学习很难做实。

下午,我们参观一所青年学校。我 2018 年来过这里,对校园很熟悉,但对校长不熟悉,因为五年前的校长调离这里了。

校长 Mogens Madsen Zabel 为我们介绍学校的情况。

下面是我不完整的记录——

我以前在另一所青年学校当校长,后来调到这里。我没有师范学习的经历。理事会有权决定谁当校长。他们让我当校长,我有足够的权力招聘老师。我招的老师也不一定是师范专业的,只要在某方面有专长就可以。

我们的办学思想是格隆维和科尔德教育思想。格隆维最大的原则是人和人无论地位差别有多大,只要他们在一起充分地交流,就一定在学习。科尔德特别注重与生活结合的学习方式。

本校有145个学生，教职员工和学生一起住校、吃饭。宿舍有两人间、三人间。教职员工随时和学生在一起。老师就像家长，师生关系不只是教学关系，师生全天候接触，互动随时都在发生。学生对我很好，叫我"摩根爸爸"。

　　整个丹麦有250所左右这样的学校。这些学校的教育思想相同，但做法不同。我们和公立学校一样，按照课表上课。这几天看不见学生，因为他们正在参加全国统考。

　　我们有许多运动，所有学生都参加运动。学生都很有兴趣。我们有舞蹈课，还有蹦床、足球、音乐、艺术、网游。所有学生来了以后要选这六大主课中的一门。

　　然后剩下的时间和公办学校一样，要学相关课程。

　　每天早晨所有学生要坐在这里唱歌，了解丹麦历史和习俗。因为学生大多住校，所以我和其他老师要在这里分享国际大事的新闻。

　　国家给我们补助，我们有责任教育学生。所有和生命有关的都要教给学生，要教丹麦文化，也给学生讲中国文化。全球有大约80亿人，我们要让学生做世界公民，不只是丹麦公民。最主要的是要教民主。

我们对学生的所有教育，永远不是宣讲，而是在对话中让学生发展。学生成立了学生委员会，这是很强大的机构，对学校表达学生的诉求。在这个社区，学生委员会还可以走出校园，改变社区。这也是一种民主进程。

肖诗坚老师问："青年学校有多少类型（流派）？"

校长回答："菲茵岛有30所青年学校，这30所一直在对话和沟通。除此之外，每年全国其他青年学校也要开大会。有一个青年学校的委员会，类似于联盟。有普通的青年学校、阅读障碍的青年学校（大概有20所），还有20所是针对特殊学生（语言不好，数学不好，严重偏科）的青年学校。所有青年学校的理念一样，学生都住校。韩国是亚洲第一个引进青年学校体系的国家。"

钟磬老师问："现在的青年学校与科尔德时代的青年学校有什么不一样？"

校长答："100多年前就有青年学校，与民众学院紧密相连。但刚开始都是启蒙农民。当初学生不住校，而现在青年学校的学生都住校。最

早也没有考试，到了20世纪60年代，青年学校才与公立学校并轨，有了考试。15年前也不参加统考。所以我们学校有一个班不参加统考。"

钟磬又问："青年学校和民众学院只是年龄不同吗？"

校长回答："对的。民众学院的学生年龄是18岁以上的。"

钟磬再问："您以前是农夫，怎么又做了校长？"

校长回答："我是在运动协会的体系下成长的，受影响很大，明白了人生和运动紧密相连。我16岁就当了运动学校的老师，属于志愿者。在运动协会我接受了训练，不只是在运动方面，还有做人方面，那时候在当教练的过程中，我发现与人打交道很重要，而我又比较擅长与人打交道，这就为我后来当青年学校的教师打下基础。我通过做志愿者获得全人的成长。我在教别人踢球的过程中，发现我擅长与人打交道。18岁时，我同时又在农场工作，当时老板的祖母告诉我，我应该与人打交道。这句话一直在我脑海里转。后来我当了老师。"

校长带着我们转校园，他指着一幢小楼房说："这座建筑是我们的教学楼，建于1876年，当时是民众学院。1962年转为青年学校。"

经过一个室内运动馆，他说今天学生在里面考试，无法进去参观。我们隔着玻璃窗看到里面正在考试。

大车问："学生考试是用电脑还是手写？"

校长回答："大多数是用电脑，但学生有权选择答题方式是用电脑还是手写。"

晚上，听一位农民 Torben Povlsen 给我们讲合作社是如何促进公民成长和民主建设的。他虽然是农民，但同时是丹麦国家女子足球队的负责人，我们大吃一惊。他结合合作社历史和传统合作社现状，如 Arla（一家丹麦牛奶生产合作社）、Danish Crown（一家丹麦屠宰场合作社）和 DLG Group（一家大型综合农业合作社），给我们讲了他成为一位现代丹麦农民的经历，同时告诉我们民主要从参与开始，合作社就是一种参与。

让所有家长
都有选择的权利

2023年5月4日 星期四 阴

昨晚虽然也醒了几次，但毕竟是过了5点醒来的，算是到丹麦后睡眠时间最长的一夜了。

6点半出门，沿着五年前我晨练过的公路开始疾走。路边的青草上挂着露珠，蒲公英上跳动着阳光。

路过一大片油菜地,金色的花儿在阳光的照射下更加灿烂。在花海的远处,是一两幢尖顶的农舍,如同浮在海面上的船只。

上午,访问丹麦自由学校秘书处。

奇怪的是,这个地方原来是一个马厩,他们将它改造成办公室。所有

的工作人员都在马厩里上班——当然，现在不是马厩了。

总负责人 Peter Bendix Pedersen 和信息官 Maren Skotte 接待了我们，并和我们分享了自由学校的历史、现在的运营以及未来的发展。

下面是我不完整的记录——

目前，丹麦有公立学校 1100 所（有 55 万学生），不属于我们管理。有自由学校和私立学校 550 所（有 12 万学生），其中 170 所是私立学校，我们这个联盟负责 280 所，这 280 所学校的学生是 0—9 年级（小学到初中）。还有 35 所是基督教的学校。另有 50 所与政治联系比较紧密。

我们负责的这 280 所学校是多元化的，每所学校都有自己的特色，包容了各种信仰。

自由学校是小众学校，满足少数有需求的家长和学生。

所有的自由学校都是为家长提供公立学校之外的一种选择。

所有学校都服从国家宪法。宪法第 76 条写明，每一个人都可以自由选择学校，让所有家长都有选择的权利。这就是民主。

丹麦的公立学校是免费的，学校必须按国家的课程要求去做。

自由学校等是家长自愿选择的。

孩子可以上公立学校，也可以选择私立或自由学校。但目标都是统一的，就是培养积极公民，参与民主社会的建设。

孩子 0～6 岁上幼儿园，十年级之前是义务教育。十年级开始选择高中，或职业教育，或个人的其他成长方案。有人读完九年级后直接读高中，有的读青年学校，也有的留在本校读十年级。

读高中是自愿的，而且是免费的。丹麦大约 70% 的孩子会读高中。只要选择公立学校，包括大学，都是免费的。

丹麦的法律规定，所有孩子都必须接受九年义务教育，但不一定去学校，在家上学也可以。

孩子接受学校教育国家有补贴，但孩子在家上学没有补贴。国家对在家教育有监督，保证孩子必须接受教育。怎么监督呢？当地的教育负责人与孩子的家庭有互动。

所谓"自由学校"的"自由"体现在五个方面：第一，意识形态的自由。第二，教育方法的自由。公立学校 0—9 年级有共同的课程大纲，自由学校体系则可以有自己的一套大纲，但学生在毕业时必须达到统一的标准。在培养积极公民方面，可以比公立学校更优秀，但不许比公立学校差。第三，经济自由。国家给自由学校 76% 的经费，但怎么用是学校自己的事。第四，雇佣教师的自由。公立学校要求教师有教师资格证，而私立学校只要认为这个人合格就可以雇佣他做教师。第五，招生的自由。公立学校不能拒绝任何适龄儿童读书，但私立学校只面向同自己有相同理念的学生和家长。

自由学校可以选用与公立学校一样的教学方法，也可以选择不同的方式。

孩子生下来都是不一样的，自由学校为孩子提供了接受教育的多种选择。

公立学校经费是国家 100% 出资，自由学校 76% 的经费由国家支付，所以家长必须付一部分钱。一年 10000～15000 元人民币，一个月约 1000 元。很便宜的。

我们自由学校怎么用这个钱呢？不能放在校长口袋里。有一个协会来管这笔钱。没有任何个人有权动用这笔钱。学校也不允许另外接受捐助，做教育是不允许有任何利润的。

自由学校的协会是由家长选出来的。"民主"在我们学校的含义，就是没有任何人可以干预学校的运行。

当然，国家拨 76% 的经费也是有要求的。自由学校要保证拿到 76% 的经费，条件是第一年招生不允许少于 12 个学生，第二年招生不少于 24

个学生，正常运行后就必须不少于32个学生。不过，现在丹麦已经没有这么少学生的自由学校了。现在我们管理的自由学校平均是每所学校150个学生。

从全国来看，自由学校平均有300个学生，公立学校平均有800个学生。

公民有权选择教育途径，但必须保证质量，即学生成为积极公民。政府告诉家长，我给你自由，你可以选择学校；但你也要承担责任，这个责任就是让孩子成长为积极公民。所以，我们接受家长监督学校的教育质量，以达到国家要求。也有专门的督学到自由学校检查监督，看学校是否在培养积极公民。

教育部也起到监督作用。比如数字化的运用，学校不能与时代脱节。如果学校不按要求做，那76%的经费将被收回。自由学校和私立学校也要学习教育部的课程大纲，教育质量不能比公立学校差。最后考试的标准是统一的，九年级毕业的考试是全国统一的。

我们的教育目标是：第一，保证每一个人的个体发展。第二，学生能够成为积极公民。自由学校可以完全用公立学校的课程，也可以用自己的；课程的比例自由学校都可以自己安排，所以同为自由学校，但课时都不一样，而公立学校都一样。

公立学校由政府分管教育的官员决定，这些官员都是当地居民选出来的。每一级政府都有这样的官员管理这个地区的所有学校。自由学校则由理事会管理，理事会里有许多家长。每年的理事大会都会选举理事成员（五到七个，当然这几个理事不是一次性选出来的，而是滚动式的），还有候补理事。这个理事会决定学校的价值观和运营方式。理事会去雇佣校长。校长负责教学和安排教师以及学校每一天的日常运营。校长和老师、学生及其家长要一起讨论、商量。理事会要对教育部和教育法负责。当然，理事会也要面对家长，如果家长对某个理事不满意，可能这个理事会被选下来。

自由学校最后的考试分数都要高于公立学校。继续接受教育的比例也高于公立学校。

我提了一个问题：什么是你们认为的"积极公民"，以及如何评估？

总负责人回答说："积极公民，必须受教育，必须有能力工作，必须在社会上能够立足。如果没有能力，国家的福利机构会为你提供帮助。必须参与到民主中来，要积极投票。不只是选总统，还包括选地方官员，都要踊跃参加。积极公民要对所在地区教育、运动、艺术等的繁荣发展负责，要积极参与，要积极做志愿者。学校必须把学生培养好，让他们能够生活在一个基于丹麦传统文化的、有基本的自由民主平等的社会。要在各方面积极参政。"

最后，他强调："我们做学校，不仅仅是教书，也是在参与政治，是代表每一个人，学校不能只被国家机器和市场左右。"

下午，一位女士来给我们作讲座，她叫 Ulrikka Brændgaard，她给我们分享的主题是"社会的建设要从每一个人的参与做起"。

分享完毕，丽萨和郭斌召集我们开了一个会，主要研究中丹教育论坛有关事宜。

晚上，我们在教室举行了一个酒会。我虽然不喝酒，也举起酒杯和大家共享快乐。烛光中，我们各自讲了自己的人生故事，直到深夜。

"让所有人都成为积极公民，尽自己的能力为社会作贡献"

2023年5月5日 星期五 阴

Part 3　三访丹麦

早晨，出门锻炼，风很大，感觉几乎要把人吹倒。只好作罢，回到房间。

吃早饭时，摩根对我们说，9点一刻到教室，他有些事要对我们说。

我想，是不是最近几天我们中国人有什么做得不妥的，或者说有不合

丹麦文化的一些细节，他要提醒我们?

9点一刻，我们坐进了教室。大家都很紧张地看着他。他说："昨天在自由学校秘书处，秘书长谈了自由学校的一些情况，我觉得还应该有点补充，今天给你们讲讲。"

我长吁一口气，说："吓死我了！"

大家都笑了。姜跃平对摩根说了我们的担心，他哈哈大笑。

下面是我的记录——

在家办学是最早对抗公立教育的起点。当时一些父母对公立教育非常不信任，因为当时的教育是重复《圣经》的教义。格隆维也是在家里教育自己的孩子。他坚信教育不能只学书本上的知识，还应该做手工，应该锻炼手和身体的灵活性，但他太太却反对他。

1855年，丹麦政府通过了第一个关于义务教育的法案，明确在家里办学也可以，可以雇佣员工教学，并获得国家的经费资助。

我认为自由学校对中国而言也有很重要的参考意义，本质上是社会的一部分，不是政府和企业的一部分，它远离权力和利益。

1852年，在离这里60公里的地方，科尔德创办了第一所自由学校。他是一位牧师，不仅创立了理论，还有把想法落地的能力，为自由学校培训了超过100位教师。那时他过着很艰难的日子，有的家长信任，有的持怀疑态度。他们担心自己的孩子不学那些教义能否有一个好的未来。实际上，自由学校坚持的新信念，使九年级最后的产出质量，至少不低于公立学校，而后来的实际情况是超过了公立学校。

我们前天看到的游戏化学校，是公立学校，这说明现在公立学校也开始接受自由学校倡导的理念和方法，而自由学校的精神已经深入公立学校。100年前，自由学校体系和公立学校体系可谓泾渭分明，而现在互相融合。格隆维创办的第一所学校是民众学院。当时，公立学校被称作拉丁学校，学拉丁语，以便学习教义；也叫黑暗学校，因为教学方法是强制灌输式的。

为什么不考试？我打个比方，就像胡萝卜，它自然生长，我不需要拔出来才知道它长没长。考试，就相当于把胡萝卜拔起来验证它长没长。

肖诗坚问：现在有人说 PISA 考试成绩下降了，家长觉得教育质量下降了。摩根怎么看？

摩根答——

确实，十几年前因为 PISA 考试，丹麦公众质疑教育，确实有过朝传统教育转变的倾向，即以外在目标为驱动的教育，加强了全国的统考。后来还是转回来了。教育应该还是养成型的，和学生互动，这样才是教育。如果是为考试而教育，有的就无法测评，就无法落实，比如对人的关爱，这些是植根于学生品格的教育。当然，这是我代表自由学校的声音，也有许多人和我观点不一样。虽然大家有不同的观点，但现在至少论战结束了。

肖诗坚问：丹麦政府给自由学校 76% 的财政支持，现在好像在逐渐减少，是不是代表了丹麦政府对私立学校的态度？

摩根答——

政府给公立学校 100% 的财政支持，给自由学校 76%。现在公立学校所获得的财政支持减少了 15%～20%，但私立学校没变，所以相对来说，自由学校所获得的财政支持并没有减少。

当然，从政治上说也有影响。现在的执政党（社会民主党）觉得对私立学校的资助太多，应该多帮助公立学校。

但很多家长支持自由学校，因为他们看到公立学校的不足，比如大班额（30 人左右），不能给有特殊需求的孩子以个性化的教育等。

肖诗坚问：对中国想要自己孩子在家学习的家长，从技术层面、教学方法方面，您有什么建议？

摩根答——

欣赏在家教学，因为有家庭氛围，但我不喜欢在家教学，因为孩子需要社交。最好是家长们联合起来，建立自由学校。

钟磬问：是不是需要把家长联合起来，参与学校工作，让学校充满家庭氛围？

摩根答——

绝对是这样的。家长有责任参与自由学校的工作。家长不经营学校，但应该参与学校工作。比如假期到学校做清洁，帮学校烤面包等。从最根本上说，我们要回到自由学校的根本理念，即：教育是社会的事，不是政府的事。

郭斌说：现在许多家长都排队让孩子读自由学校。

摩根说——

确实很多地方都排队，城市的自由学校排队比较多，比如欧登塞。因为城市家长对公立学校越来越不满意。由于历史原因，在农村的自由学校多一些。但自由学校毕竟是少数。对教育来说，更关键的是推动占多数的公立学校的转变，就像那所倡导游戏化教学的学校。

郭斌说：公立学校的班额，只要上了30个（法定28个人一个班）就要重新设一个班，而自由学校的班额更小。

摩根讲完之后，Lars Greve 为我们作分享。郭斌说："今天是丹麦的公共假期，一般公共假期是不上班的，谁也不愿意上班。但他来给我们分享，我们表示欢迎！"

下面是我的一些记录——

我打算从三个角度介绍：我是谁？地方议会是怎样的？我的工作如何包容地方社区不同的人？

我原来在自由学校当老师，这所学校30年前关闭了，因为没有足够的学生。这里的家长选择公立学校，因为自由学校不够。

学校没了，但能量（社会资本）还在，我们成立了一个委员会（地方议会）。我们所在的小村子只有700人。我想让当地居民更有凝聚力，互相合作。地方议会就要支持他们，不让这些能量消失。地方议会代表700人的声音，传播到北菲茵市。我希望这700人的村子能够从其他地方得到启示，不要自我封闭。

我们这个地方议会总共有七人，其中有四个人是一年一度的大会选出来的，有三个是当地机构和组织指定的——运动协会、小企业、政府的社区中心，各派一个。我们每年开四五次会议，没有办公地点，就在家里开。我们也会得到政府有限的支持，但不多。

我们做什么呢？交流信息，还有村里每年开展什么活动，我们把这些活动写进当年的年历。具体来讲，比如：学校不多，幼儿园不多，我们就要与当地政府保持合作，商量如何照顾这些孩子；帮助商店搞活动宣传，号召大家都到这里的商店买东西，保持商店的活力；村子是旅游景点，我们要对有些道路和景点进行一些规划和管理。丹麦有许多基金会，每年都接受申请。村子里的人行道和场馆，我们都有去申请基金进行建设。

我们议会与其他村子的议会有合作。在整个北菲茵市有一个人员专门做对地方议会的支持工作，相当于市政府与地方议会之间的桥梁，类似于协调员。各个小议会又组织起来成立了一个相对大一些的议会。这些地方议会的人都是志愿者，不拿工资。

中途休息，他让我们提问。

姜跃平问：“你们怎么和广大村民沟通？”

他回答:"我们有自己的网站,也用 Facebook 来沟通。"

姜跃平又问:"你们的财政支持如何?"

他回答:"我们就这点钱,而且我们不怎么花钱。如果需要花钱,地方有些基金,我们会去申请基金。"

摩根补充说:"最重要的是,这个政府协调员,不能具体管理更不能干预,他只能倾听,把村民的诉求转到市长那里去。"

Lars Greve 补充说:"地方议会没那么正规,我们的选举不会像国家大选和选地方长官那样搞竞选宣传。我们要随意一些。住在村里的当地人和外地人也会发生冲突。外地人想做自由学校,但当地人不接受,觉得那是来改变自己的。这种冲突,也是当地自由学校关闭的原因之一。这就形成了新老村民的冲突。"

他继续讲——

我下面讲讲我目前工作的这个机构。这是一个非营利组织,实行自我管理,是 30 年前在哥本哈根成立的。

我们机构与五个不同的地方政府有合作关系。有 150 个全职员工。政府会购买我们的服务。

我们的服务对象都是有严重问题的弱势群体,分为六种情况:第一种是长期失业的,第二种是没有教育背景无法就业的,第三种是身体有严重疾病的,第四种是心理有严重疾病的,第五种是有毒瘾、酒瘾的,第六种是有严重社会心理问题的。

我们的服务目标,就是帮助他们发现自己的潜力,让他们获得一份工作,或接受一段教育。因为帮扶对象的多样性,我们团队也需要不同专业的人,以服务不同的对象。

在整个帮扶过程中,一个帮扶对象就跟一个社工绑定,以更好地保证服务。我们与很多企业合作,安排帮扶对象去学习。这样既可以培养他们的社会情感能力,又可以锻炼实际工作能力,还可以让他们获得别人的赞赏，提升信心。还有一个好处，就是将帮扶对象放在具体的工作环境中，也有利于发现他们适合干什么。

对我们的社工来说，最重要的能力就是和帮扶对象建立互信和共情。我们必须灵活地运用各种跨学科的知识和工具围绕帮扶对象提供服务。我们还需要与当地企业建立信任和合作关系。同时还必须有非常强的随机应变能力，从不同渠道获得新的反馈，能够随时调整。

我们这个企业已经存在30年了，一直是政府购买我们的服务，我们的业务发展很好，挣的钱100%用于服务。我们有五个专职研究人员。研究人员不只服务本企业，对外也创造了价值。每一个市都有就业中心，负责本市人的就业，研究团队去培训就业中心的人。这些研究人员还产生了一定的政治影响，以前的就业政策是听政府的，而现在研究人员可以发出不同的声音，相当于智库。

我们企业还成立了职工代表大会。所有员工都可以选职工代表，我就是选出来的四个代表之一。我们做什么呢？一是与管理方讨论事情，二是影响公司决策，三是保护职工利益。

最后一项职能很重要，就是保护职工权利，与管理方谈判，让员工的利益得到保证，获得更好的发展。这种职工代表大会在丹麦很常见，许多地方的职工代表大会与管理方有严重的矛盾，但在我们这里两者是良好的合作关系。因为管理团队与职工有共同的目标，我们都热爱我们的工作，管理团队认为更快乐的职工能把工作做得更好。

我们是社会企业，是非营利组织，我们知道没有人会从这里赚钱，所有的钱都用于我们的服务，我们不会被剥削。我们这种主人公精神是自然产生的。

我们与帮扶对象形成了非常深的联结，他们原来是被排斥的，而我们的帮助让他们重新融入正常社会。

一个 150 人的企业有自己的独立组织，以维护自己的权益，但这种组织并非一定与管理方是对立和冲突的，完全可以友好合作。

我们有一种机制，就是"灵活工作者就业机制"。当一个人遇到职业挑战时，会去政府认证，成为灵活工作者。他会得到一份比较灵活的工作，除企业给他发工资之外，政府还会为他提供一部分工资。

姜跃平问：为什么有的企业会用这些特殊的人？

Lars Greve 答——

第一是企业本身有社会责任感，第二是用他们可以省掉一部分专业员工的工资。他们可以做实习员工，工资从社保中支出，企业不用花钱。

这样做，企业体现了社会责任感，也节省了人工成本，而且把这些人置于具体的工作环境中更利于他们的生活。这是共赢。

我们服务的弱势群体的年龄段是 18～60 岁。

我们还有一项工作，就是对帮扶对象的帮扶一般是一年左右，之后，如果帮扶对象还是不适应工作，我们要为他写一份专业的分析报告，上交给相关政府的就业中心，说明他不能回到工作岗位了，让他享受养老福利。

我们是努力让所有人都成为积极公民，尽自己的能力为社会作贡献。如果有人确实没有工作能力，国家也不会不管，会交由福利体系保证他的生活。

目前，丹麦的就业率很高。教师、护工等都有很大的市场需求。

这就是我的主业，我做地方议员是做志愿者。而我的爱好其实是养蜂，蜂蜜每年有四五百公斤的产量。

钟磬问：你做这多么工作，和在自由学校的经历有关系吗？

他回答——

去自由学校培训之前，我是工程师。做工程师时，我发现这不是我热爱的工作，于是我去民众学院待了六个月，想寻找我人生的方向，当时我21岁。后来我和三个小伙伴去做有机种植农业。然后我得到了一份兼职工作，在残疾人学校做助理，在那里我发现我真正的兴趣是做教师，于是我决定去自由学校做教师。在自由学校我遇到了我的妻子，改变了我后来的人生。

这个经历，改变了我如何理解人——理解自己和理解他人。

听完他的讲述，我更感兴趣的，是他不断选择，身份多元。先当工程师，觉得自己不合适，便退出了那个行业，后来做教师，做地方议员，做现在的工作。按自己的兴趣和特长来做，做自己而不做别人特别是家长希望的"工具"。而能够这样做的原因或者说前提条件，是他能够有许多选择。如果他高考是为了找一份工作，填志愿不是为了兴趣，而是为了好就业，就业后发现不适合自己却无法重新选择，他就成不了最好的自己，也成就不了丰富的人生。

下午，去欧登塞参观安徒生博物馆。前两次来我都参观了安徒生博物馆。但现在是新馆，据说比旧馆好。

丽萨给我们介绍说，这个新馆方案是面向全球征集的，最后在900多份设计方案中选中了日本建筑大师隈研吾的方案。

我听到这里不禁想到，本国文化大师的博物馆，居然用一个外国人的设计方案！小国丹麦展示了宽阔的世界胸襟！这是真正的文化自信。

新馆在建筑上的特点就是绿色、有机、环保。除了博物馆的风格有着浓浓的日本建筑风格，整个博物馆从里到外都特别环保。比如我看到室内的一切，无论是接待大厅的柜台，还是通往展室的台阶，都是用木材做的。

另外，相比旧馆，新馆更强调参观者的自主参与，也就是说，整个展览的设计是"参观者视角"，是站在参观者的角度来设计的。旧馆更多的是向参观者展示有关安徒生的文物，新馆则更注重参观者的体验。所以里面有许多参与性的活动，把参观者带进安徒生生活的年代，带进童话。比如，展示《皇帝的新装》，就是让观众站在一面镜子前，镜子里面出现了穿着新衣的自己，但镜子的另一面则显示其实自己并没有穿上新衣。这个游戏特别有趣。

不过，我还是更喜欢旧馆。第一，新馆的资料并不多；第二，这些资料比较零碎分散，很难让参观者对安徒生的生平有总体上的把握；第三，新馆在注重游戏性的同时，淡化了对安徒生的介绍，让人参观后除了觉得好玩儿，对安徒生的了解和理解并没有增加多少。

而旧馆，虽然陈列文物的方式比较传统，但脉络清晰，史料丰富，尤其是屋子里的灯光比较暗，让人觉得仿佛置身于安徒生当年住过的屋子里，和安徒生贴得很近。

"自由是我们民族的基因，这来自我们每一个人的自我认同"

2023年5月6日 星期六 晴

上午，是菲茵岛 DGI 的主席 Bjarne Stenhøj Hansen 给我们作分享，其任务是帮助各个体育俱乐部更好地发展，为教练和志愿者进行培训。他同时也是一个体育俱乐部的主席。

下面是我不完整的记录——

今天我们来聊聊体育协会。这个体育组织不但让丹麦成了体育强国，而且它也是积极公民的一部分。

我工作所在的组织叫 DGI，我的职能是帮助各个体育组织发展得更好，包括对教练和志愿者的培训等。除了这些工作，我还是本地一个体育俱乐部的主席。

根据 2022 年的统计，6556 个俱乐部都是我们 DGI 的成员。目前我们有 1771646 个会员。这些俱乐部有 166000 个志愿者，他们帮助会员。在菲茵岛上我们的成员有 618 个。

大家看图，这是我自己的俱乐部，主要是踢足球。我们所在的社区很

小，学校都关闭了，但俱乐部室内的设施非常丰富，有各种健身的训练。

虽然学校关闭了，我还是希望有一个好的社区，大家一起生活。这个俱乐部是非营利的，全靠志愿者。会员和志愿者是俱乐部核心成员。

成为会员意味着什么？第一，会员是社区的一部分，大家有共同的价值主张。第二，会员要经常出现。第三，积极参与俱乐部活动。最后，要付会员费，每月125克朗，这是基础的费用。如果是体操项目，除基础费用外，每年还要另付500克朗。

教练也是志愿者，领导某一个项目。他们各自的领导方式不同，但相同的是每周都来，频繁出现，不断给会员以专业指导，还给予其他方面的指导。志愿者的补贴是每年1000克朗。

每个这样的俱乐部，都有理事会指导，理事都是志愿者，他们做管理，还开发新的业务。

我们调研了很多年轻人，年轻人很想参与俱乐部活动。他们有不同的动机，有的喜欢表达，有的喜欢体育项目，还有的想成为某个体育项目上最牛的人。

1861年,丹麦有了最早成立的俱乐部,是射击俱乐部。因为当时丹麦一直处在战争中。1884年,从瑞典引入了体操。1992年,射击俱乐部和体操俱乐部合并,就是现在的DGI。整个丹麦有两大体育组织联盟,一个是DGI,一个是DIF,后者负责所有丹麦国家队的工作。

刚开始的时候,体育组织的出现是为了强壮身体,更好地打仗,后来重点转向民主和社会,最近又加了健康的主题。目前,DGI在推动一个活动,目标是让50%的丹麦人成为某个俱乐部的会员,让75%的丹麦人积极参与某项体育活动。

DGI的最终目标是满足丹麦人日常的体育生活,而不是去奥运会拿金牌。我的目标是让丹麦成为世界上参加运动人数最多的国家。

我们一直推广健康的体育活动,让每一个人既能实现个人价值,同时又为社区建设作出贡献;让尽可能多的小孩、青年人、中年人、老年人成为运动者,目前的重心在年轻人身上;让每一个俱乐部成为培养积极公民的贡献者。

现在看DGI的价值观,也是从格隆维的民众学院的理念发展起来的。

就是聚焦于社会责任的培养,以及全人的培养。我们希望能够激发人们的精神力量。DGI擅长的并被广泛认可的是培训和教育咨询能力,给不同的人创造价值。

当我们把越来越多的人凝聚起来的时候,我们就会变得很强大。

下午两点过,摩根很神秘地告诉我们,他要给大家一个惊喜,请我们都到二楼去。

我们去了以后,看见那里有酒杯,有糕点,有水果……我想,今天北菲茵民众学院没有午餐,摩根怕大家饿了,所以让我们来这里吃点东西,这就是他给我们的"惊喜"吧?

事实证明还不是。大家正在喝酒碰杯、吃糕点水果的时候,郭斌老师的爱人皮特招呼大家坐好。大家一一入座。皮特说,今天摩根先生要给大家签名赠书。这本书的内容是摩根写的他对安徒生童话的解读。

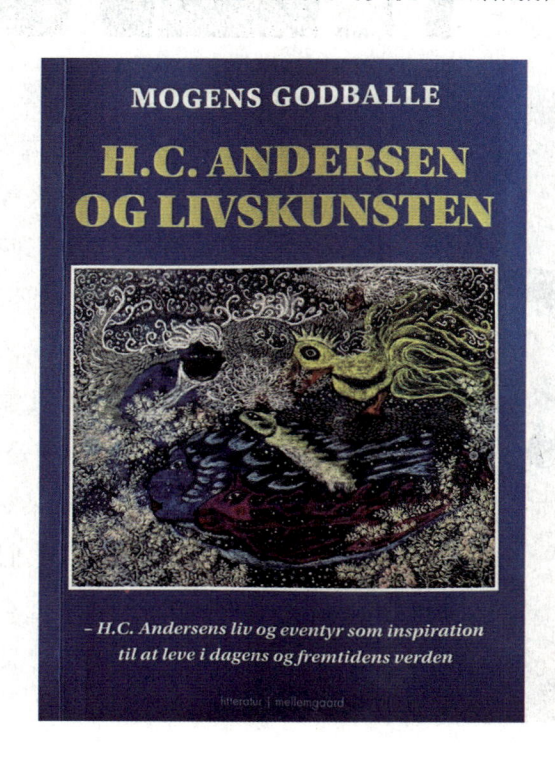

摩根先给大家讲了他写这本书,就是要让大家更深刻地理解安徒生,进而理解自己的人生。

为本书画插图的是一位年轻的艺术家,他给大家谈了他在本书中一些插图的构思。

皮特拿起一本书,说:"我平时不是太爱读书,一般的书我拿起来首先翻翻,如果浏览到第三四页,还没有吸引我,我就不再往下读了。但这本书不同,我一看便读进去了,而且想到了自己的人生。这本书是写安徒生的,但带有摩根深刻的理解与分析。摩根让我们走进安徒生的童话,走进安徒生所创造的人生,同时又反过来审视自己的人生。"

皮特还说，他将这本书推荐给了许多人，让许多人深受启发，并获得了新的人生动力。他专门请了一位年轻的女读者来，请她讲自己和这本书的真实故事。

年轻的女读者叫 Camilla。她讲述了她的故事，大意是说她的童年非常不幸，几乎没有感受到幸福，后来髋关节又动了一次手术，更不幸的是她曾怀孕流产，孩子没了，她陷入了极度的悲观中。后来读了摩根的这本书，她重新理解了过去熟悉的安徒生童话的意蕴，进而反思自己。现在她已经从人生低谷走出来了。

Camilla 的故事很曲折，她讲得很平静，没有半点煽情，却让我们都非常感动。结束后，许多人都情不自禁和她拥抱。遗憾的是，我当时没带笔记本电脑，所以没有现场记录。这里写的只是一个大概。

皮特说："我今天要向大家道歉，因为本来我还请了一位读者来分享他读了这本书的感想和改变。本来都说好了，但昨天他突然跟我说，他太紧张，不来了。所以我向大家表示歉意。不过，征得他的同意，我在这里代他讲讲他的人生故事。"

他是一个 35 岁的年轻人，曾经因毒品犯罪而坐牢，还有其他犯罪行为，不止一次被抓进监狱。出狱后丧失了生活的勇气。因为他曾经和皮特在一起工作过，皮特开导他，推荐他读摩根这本书。结果，这本书真的让他受到震撼，获得了开启新的人生的精神力量。

皮特结合安徒生教育思想，讲了自己教育孩子的故事。主题就是尊重孩子，给孩子以真正的自由。

最后，皮特为我们放了一个小视频。视频记录的是丹麦女王登基50周年庆典时的"唱歌事件"。一位著名的歌星在为女王唱歌时，对女王的称呼没有用敬辞，最后还走到女王面前去献花，说："我可以用'你'来称呼你吗？"如此行为引起了轩然大波，皇室成员包括女王本人当时很尴尬，但也没有发作。民众当然觉得大快人心，但也有保守人士觉得这是对皇室的"大不敬"。

皮特认为，这就是丹麦对民主、平等、自由的追求。"自由是我们民族的基因，这来自我们每一个人的自我认同。"他最后说。

摩根在给我的赠书上写道——

Dear Li,

  Best fairy tale greeting.

翻译为中文——

亲爱的李：

  最好的童话般的问候。

晚上，我们团队又聚集在教室里点上蜡烛，皮特又谈起了他的人生故事。

在拉尔斯夫妇家做客

2023年5月7日 星期日 晴

Part 3 三访丹麦

早晨骑车去博恩瑟海边,准备拍日出。但东边云层太厚,太阳刚露出脸,便被厚厚的乌云压住,只在缝隙处露出一点金光。但在返回民众学院的路上,却是彩霞满天,显然太阳终于挣脱了出来。等我骑回去,满校园

已经阳光灿烂。我拿着手机在校园里走了一圈，拍下许多素材。

然后我再次骑上自行车，沿公路向另一个方向骑。我知道那里有一大片一大片的油菜花。到了油菜地，我把车停在路边，让无人机腾空而起，缓缓摇动镜头，拍下了晨晖中的油菜花海。空中的云彩，形如长裙，好像要覆盖在油菜花上。

上午，我们来到一座拥有千年历史的古老教堂，体验原汁原味的礼拜活动。

礼拜活动结束后，牧师拉尔斯领着我们参观教堂四周，给我们介绍教

堂的历史，然后又领我们通过极其狭窄的通道，登上教堂顶，去看古老的钟。看到那沉重的大钟，我一下想到了《悲惨世界》里的敲钟人卡西莫多。我也试着敲了两下钟，其声雄浑沉重，震耳欲聋。

拉尔斯说，现在敲钟不用上楼顶来了，就在下面按电钮，上面的钟便自动敲响了。而过去人工敲钟时，敲钟人得戴上耳罩，以保护耳膜。

从教堂出来，我们来到拉尔斯家。他的家掩映在一片森林中，是一幢二层小楼——其实也不小，从我的无人机视角俯瞰，整幢楼如一个曲尺。蓝天下，红瓦的房顶特别醒目。楼前有一个小水塘，旁边有一条窄窄的深深的林荫道。

拉尔斯的夫人就是为我们上过课的梅特老师，那天去自由学校教师培训学院就是她陪我们去的。我们的车开到她家院子时，她已经在门口笑眯眯地等候我们了。

走进屋子，看到他们已经为我们准备好丰盛的午餐了。但这顿午餐只是课程的载体，梅特老师说，今天的午餐将以一种特别的方式进行。她将我们八个人分为两组，并给我们布置了几道思考题，每个人都要思考并说说自己的答案，时间3分钟。但任何人都不对他人的答案作评判。

这些思考题有：你这次在丹麦最大的收获是什么？你如何将你收获的教育理念用于实践？……

拉尔斯夫妇为我们准备的是正宗而精致的丹麦餐。我虽然吃不习惯，但还是盛了不少，一边吃一边讨论梅特老师出的思考题。

我说："我最大的收获是，进一步了解了自由学校的特点和丹麦人作为生活方式的民主。我现在已经退休，不在一线工作了，但我会尽我的努力去宣传先进的教育理念。丹麦的国情当然和中国有所不同，但教育的本质以及人类对真善美价值观的追求，是相通的。"

吃完饭后，拉尔斯夫妇在他们屋后的小花园里摆上甜点和饮料，请我们一边喝一边继续聊。说是"小花园"，其实一点都不小，准确地说，是一片小森林。青葱的草坪和参天的大树，很难让人相信这是私人花园。

在交流中，我表达了一份感谢、一点感动，并分享了一个故事。

一份感谢当然是给拉尔斯夫妇的。我说，我是第一次在真正的外国人家里吃饭，感谢你们对我们的热情款待，特别是亲自为我们做菜，我们感到十分温暖。

一点感动是源于我们这个团队的同伴，无论是肖诗坚、姜跃平、大车,还是王灿烂、钟磬等人,他们身上的理想主义情怀和对中国教育的责任感,让我感动。我说:"严格地说,你们并非专业的教育者,但你们都如此关心并力图身体力行地推动中国教育的进步,我作为专业的教师,虽然已经退休,却不应有丝毫懈怠。"

一个故事,是我在武侯实验中学当校长时的一段真实经历。我通过这个故事说明,民主不仅仅是一种政治制度,更是一种生活方式,这是杜威的观点。我们平时的一言一行都在表现出民主或专制。尤其是教育者,民主与平等应该从自己做起,从细节做起。

有一个小插曲,聊天时我说起五年前梅特老师给我们上课时她站在凳子上的造型。说着我便模仿她当年的姿势,大家都笑了。

离开拉尔斯夫妇家,我们回到民众学院。

这时太阳即将落下,我骑着自行车再次来到海边。还是早晨拍日出的地方,转过身便是西方,夕阳正穿破云层往下缓缓沉落。本来灰色的云层不但被落日击成丝丝缕缕的碎片,而且染上金光变成血红的彩霞。

整个天空,一片血色。我看着落日一点点地下沉,直到完全沉进大海,但它的金光还在向上射着。它开始孕育明天的辉煌。

"将人民的意愿作为民主的主要组成部分"

2023年5月8日 星期一 晴

早晨，我走出校门沿着另外一条路开始疾走晨练。这是五年前我多次晨练过的公路。太阳刚刚升起，柔和而明亮的光芒洒在大片大片的油菜花上，世界变得明媚起来。

一棵树孤独地屹立于路边，好像看着热闹的油菜花在蓝天下嬉笑，我长长的身影在树前面的路上印着，看上去我成了树根。小路的另一侧是无边无际的麦苗，那么稠密，那么茁壮，就像一块厚厚的绿色地毯铺在大地上。仔细看，许多麦苗上闪烁着细细的光，那是一颗颗露珠，而每一颗露珠里都藏着一个太阳。

上午，去参观一所职业学校。女校长 Gitte Bergholt 看上去非常干练，她特别欢迎我们的到来。

她先介绍了丹麦职业学校的背景。她说："学生初中毕业后，大概20%的学生到职业学校就读，而其他的学生都升高中。"又说："其实我们也缺乏技术工人。我们学校是整个丹麦唯一的奶制品行业的职业教育学校。"

她介绍说——

学生从初中毕业后到这里，第一阶段的基础课学习是20周，不分专业。第二阶段也是20周，学生就要选专业了。这里的生源是应届生和其他选择来这里学习的学生。对学生来说，如果他读普高就有三年的时间选择自己未来的方向，而读职高只有半年的时间选专业。全国所有职业学校都是如此，半年后学生选专业。他们先到企业学习，然后又回到本校学习。

比如奶制品专业，有一个四年培养目标，具体包括16个能力目标。经历四年的培养，学生就能够成为这个领域的执业人员。这16个能力目

标由谁制定呢？由加工企业、教育部和学校一起沟通对话，最终确定。

这16个目标又呈现为30多门课程。每一门课程有自己的学习点。

企业、教育部和学校三方制定目标，三方合作保证学生能够达到相应的职业素养。学生在公司实习，最后带着实习的问题回到学校，学校教师对他们进行理论上的提升，然后再出去实习。他们每年有5～10周回学校，如此循环三到四年。

肖诗坚问了一个问题："我非常理解学校是为市场和企业培养人才。学生在学习过程中，是否有选择性？比如中途可否换专业？"

校长答："第二阶段学生有五次选择大方向的机会。如果学生觉得选错了，可以重新选择方向，比如先选的餐饮，发现自己不合适，便重新选择其他方向。"

然后她继续介绍丹麦的职业教育——

丹麦的职业教育课程超过100种。分为四大类：第一类为护理、健康和教育，占23%；第二类为贸易、办公和商业服务，占14%；第三类为食品、农业占12%；第四类为技术、建筑和运输，占51%。

我们这里还有少数高中毕业来学习的学生。

我们这所学校的教育思想源于科尔德。

……

我的笔记并不完整，但听了她的介绍后我最大的感受是，丹麦的职业教育给学生多次调整和重新选择的机会，这是中国职业教育目前所欠缺的。

下午，摩根先生召集我们来到教室，对我们一周的考察作了一个盘点，并对自由学校和公民教育作了总结。让我们特别感动的是，他把所有的讲座PPT都作了一个梳理，然后给我们每人一份。

为了让我们更好地了解丹麦民主发展的进程，他还给了我们一份《丹麦启蒙主题》提纲，以下是部分内容——

1. 未经牧师和教会许可的大众集会（背景）

200年前，普通的丹麦人——通常没有受过教育或受教育程度低——开始在私人住宅中举行家庭会议。他们对官方教会和牧师制度持批评态度，对基督教有着自己更具灵性的解释。

纵观历史，教会垄断了为人们解释生活的权利。这是一种集中操纵，包括哪些歌本可以在教堂使用，哪些文本可以阅读。

这些普通人是坚定的信徒，他们认为自己是由上帝带领的。

当局与这些人发生了许多冲突，有些人甚至被监禁。他们也不会让孩子上官方的公立学校，因为他们认为这些学校是质量低劣的"假教育"。

几十年后，基督教徒可以在官方教会内建立自己的"自由教会"。如果人们不同意牧师的做法，可以改变对教会的归属。每个教会都会选出一个委员会，负责牧师的聘用。还允许建立自由学校制度，这样家长就可以在国家的支持下建立自己的学校。

这些在官方权力体系（基督教）之外的活动，是由人民发起进行的

（by the people），是为人民服务的（for the people），是民主的前驱。

2. 为了服务于人民的民主和民主文化（发展历史）

173年前，丹麦拥有第一部自由宪法，赋予部分人民投票权。但当时超过80%的人口是未受过教育的农民，他们不认为自己是属于社会的公民。为了建立意识、自尊和更普遍的积极身份认同，丹麦各地建立了民众学校。这个想法是在心理上和精神上，让普通人——主要是农民，作好准备，为积极参与社会和为新的民主作出贡献。他们需要一种"成为人"的身份，一种对社会的归属感，进而对整个社会的发展产生影响。在民众学校，他们学习了丹麦历史、文学、诗歌和歌曲，以打开他们作为社区一员的情感和觉察感知。这个想法首先是让人们活跃起来，然后才是教育他们。这是一种自下而上的方法，"将人民的意愿作为民主的主要组成部分"。

启蒙是转型的重要组成部分，转型意味着社会从极权统治向民主转变的过程。

3. 信任——最重要的社会资本

信任从何而来？

为什么我们在丹麦，彼此之间如此信任，它对社会和日常生活产生了什么影响？

当今社交媒体世界，似乎是大量的虚假新闻和以商业或政治利益为主导的影响者的时代，如何保持信任？

4. 幸福和意义

在幸福感方面，丹麦一直是全球排名最高的国家之一。

幸福感可以通过三种方式来衡量：

第一，询问人们对其生活的总体满意程度。在这方面，丹麦人的得分是最高的。

第二，询问人们在日常生活中的心情如何。在这方面，丹麦人的得分较低。

第三，询问人们的生活有多大的意义。在这方面，丹麦处于平均水平。

我有一个地方不理解：为什么"询问人们在日常生活中的心情如何，在这方面，丹麦人的得分较低"，却能作为衡量幸福的一个标准？

我向郭斌老师请教她是如何理解的。

她说："最幸福的国度里的人们，每天同样面对真实琐碎的日常生活和工作，同样面对世界格局快速变化（比如俄乌战争）和科技高速发展（比如人工智能）带来的压力。积极公民可以聚焦对真实生活中的不满和需要改善之处，随时自由发声，真诚地提出批评和建议，去促进社会调整和良性发展。因此，个体或群体，都可以把日常生活中感受到的不满意、不完美说出来，以促进改善，保障权益。这一点，充分体现在丹麦每天各个媒体的新闻报道以问题为主。这个角度，我的理解是增进幸福感或福祉的。"

我问了摩根一个题外的问题："丹麦中小学有班主任吗？如果有，班主任的工作主要有哪些呢？"

他回答说："在丹麦小学，会有一个主要负责的老师，关于这个班级学生所有的问题，都由这个老师负责。低年级还有助理老师，不上课，更

多是辅助主要负责老师的工作。到了初中，一个老师要关照十个学生，更多像导师。到了高一，所有的学生基本上不跟家长联系，学会自我管理，也没有专门的老师去管他们。"

我问："我理解，孩子越小，关注他的老师就越多，到了初中和高中，基本就是让孩子自己管理自己，是吗？"

他说："是的。"

我又问："如果你们小学的主要负责老师叫'班主任'的话，那么他具体要做哪些事呢？"

摩根回答说："比如处理孩子之间的冲突，维持纪律，更多时候是关注孩子的心理问题。如果某个孩子问题严重，就会由专业人士来解决。"

我不懂他说的"专业人士"是指谁。他解释说："最近几年丹麦强调'全纳教育'，有不少学生有特殊需求，那些提供专业帮助的人就是我说的'专业人士'，他们不叫老师，也不上课，主要是陪伴孩子，培养孩子的社会情感能力。"

我有点明白了，继续问："中国班主任有两个任务：一个是建设和管理班集体，对学生进行集体主义教育；另一个就是德育，对学生进行品德教育，还包括思政教育。丹麦的班主任是否也做这些工作？"

他说："我们的学生也有一定的班级认同感，体育比赛有时候也以班级为单位，但大多数时候并非以班级为单位。另外，学校有一个机构，各班都有学生代表，那么学生代表就代表他的班。但丹麦没有集体主义教育，你说的'班集体'这个概念在我们这里比较淡。我们主要还是关注个体，关注一个个的学生。"

我又问了一个问题："丹麦的中小学有班干部吗？"

得到的回答是，中小学肯定没班干部，但是有学生会，每个班都推举、选举出代表参与学生会。

郭斌老师说："除了学生会代表学生，没有班干部。班上有些服务型的事情，都是学生轮流做。"

我们到丹麦参观访问学校的安排今天就结束了，明天将举行中丹教育论坛。

晚上，摩根、丽萨、拉尔斯、梅特等人和我们举行了一个简朴而热烈的晚会。

由肖诗坚创意，我们手工做了一个很有意义的礼物。每一个人写一段话，镶嵌在一个镜框里。钟磬还专门画了孔子和格隆维的肖像贴在上面，并且将每一个人写的话都进行了装饰。为此，她连晚饭都没顾上吃。

大家委托我写了一份说明，并手写在一张纸上，贴在镜框里。我这样写道——

2023年5月1日至5月9日，中国教育三十人论坛组织教育同仁一行七人，来到北菲茵民众学院共同生活，参观不同的学校，学习合作社等民间组织，体验丹麦社会和家庭文化，并参加第四届中丹教育论坛。在此期间，承蒙热情接待和周致安排，收获颇丰，不胜感激，特此留下心声，以示纪念。

姜跃平将这段话翻译成英文，也由我抄写。

我的留言是两首诗——

丹麦访学有感

其一
大鹏御风越东海，
西行万里到丹麦。
心潮澎湃憋不住，
洒向人间都是爱。

其二
茉莉花香夜莺飞，
孔子相遇格隆维。
无论西东教育魂，
人间正道真善美。

第一首中的"憋不住"原来是"说不尽"，但大家一致要求我改为"憋不住"。这里面有一个梗，"憋不住"这三个字最近经常被用来调侃。这首小诗因为有了"憋不住"，而有了几分我们心领神会的幽默。

第二首中的"茉莉花"是指中国民歌《茉莉花》，代表中国文化；"夜莺"是指安徒生的童话《夜莺》，代表丹麦文化。

晚会开始时，我们向摩根赠送了两件"最中国"的礼物——一个蜀绣屏风和一个景泰蓝瓶子。钟磬专门给摩根介绍了中国景泰蓝。

然后，我们为丹麦朋友演唱中国民歌《茉莉花》。我先用口琴吹奏了一遍，然后我们集体唱了这首歌。丹麦朋友用掌声表达他们的欣赏和感谢。

大车演唱了一段有关秦琼的戏曲，同样赢得阵阵掌声。

我们将写有我们心声的镜框展示出来，每个人都朗读并解说自己写的话，姜跃平翻译。

王灿烂写的是——

Free school and free mind. Pleasure to know you guys.（自由的学校和自由的思想。很高兴认识你们。）

钟磬写的是——

Be swift to hear, slow to speak, and slow to anger.（要快快地听，慢慢地说，慢慢地动怒。）

肖诗坚写的是——

    自由是写在墙上的影子
    等待阳光的照耀

那个金发碧眼的孩子说
你的肚子有点大
众人笑着怒了
让孩子消失了

童话真实地如现实一般
点燃一根根火柴
照亮影子,回归泥土

姜跃平写的是——

养成,培智
举起每个生命
联结积极公民
改变苍茫世界

郭文红写的是——

向着明亮那方,哪怕一片叶子,也要向着日光洒下的方向。

大车写的是——

内心光明,君子风范。积极参与,公民品行。

每个人表达完毕,大家举杯共同祝福彼此的友谊。

然后大家很随意地聊天,郭斌和姜跃平担任翻译。

聊天中,我调侃了几句:"我说实话,你们丹麦除了风景好——其实中国风景也很好啊,其他乏善可陈。比如你们穿的都很简朴,大多布衣;你们开的车也很低档,不少人甚至只能骑自行车;学校也很破旧,连围墙都修不起,更别说'文化打造'了;吃得更可怜,经常没有米饭,只能生吃蔬菜——其实就是吃草;还有你们丹麦的城镇化建设也很差,到处都

还是农村,农村也看不到什么像样的楼房,大多是茅草屋;你们连开水都喝不起上,只能接自来水喝;哦,对了,你们大多是黄头发,这明显是严重的营养不良嘛!"

姜跃平翻译完毕,他们已经笑翻了。看来是听懂了我的调侃。

我对他们说:"欢迎你们到成都去,我请你们吃火锅。"

他们表示,就是为了吃我的火锅也一定要去成都。

我问拉尔斯:"你能吃辣椒吗?"

他夸张地摊开双手表示"不能吃辣"。

我说:"你别恐惧,成都火锅也有不辣的。到时候我请你吃不辣的火锅。"

拉尔斯和梅特夫妇挥手与我们告别,然后转身回家。我们看到他俩互相搀扶着,走在夜色朦胧的小路上,天幕上还有着淡淡的彩霞,他俩的背影如剪影一般。拉尔斯牧师和梅特老师不知道,我们正凝视着他俩恩爱而温馨的背影,如同欣赏一幅美丽的画。

"人类毕竟是ChatGPT的主人，而不是工具的奴隶"

2023年5月9日 星期二 晴

早晨吃饭，遇到摩根先生，他笑眯眯地掏出一本小红书。我一看就明白了："《毛主席语录》！"

这小红书我太熟悉了，少年的我每天都要读，只不过这是英文版。

摩根说这是他年轻时读过的。我俩捧着这本小红书拍合影。于是，一幅中丹人民共读毛主席著作的感人场面在北菲茵民众学院的饭厅出现了。

上午，中丹论坛正式开始。因为时差，没有搞直播。首先是我以中方主席的

身份致辞——

尊敬的摩根先生，亲爱的各位教育同仁：

大家好！

当第一期至第三期中丹教育论坛迫于肆虐的疫情而通过网络举行时，我们就期待着能够在线下聚会。能够感受到彼此的气息，才是真正的教育。现在，大规模的疫情已经过去，我们终于相聚于美丽的丹麦北菲茵，再次共话教育。

我首先代表中国教育三十人论坛向联合主办这次论坛的丹麦终身学习计划协会表示衷心的感谢！

这次论坛的主题是：对教育而言，ChatGPT是一种威胁还是一份礼物？我们将集中讨论：在人工智能日新月异发展的背景下，教育的价值何在？

这是一个有意思也有意义的话题。说它"有意思"，是因为在教育诞生之初，人类可能没有想到，属于人类独有的教育会因人类自己的创造与创新感到不安甚至恐惧，中国的成语"自作自受"在这里有了别样的幽默含义；说它"有意义"，是因为纵观历史，教育的发展总是与人类的科技进步相联系，科技发明从来都是推动教育前进的一种强大的工具力量，我们不能视而不见；如果人类能够把握机会，主动应对时代的变化，我们将迎来教育的大变革与大发展。

也就是说，任何一次科技发明的出现，对教育究竟是一种威胁，还是一份礼物，全在于人类自己的理性判断与智慧选择。正如《国际歌》所唱："要创造人类的幸福，全靠我们自己！"

这就要求我们重新审视教育的价值，以及呈现和传递这种价值的方式，并给更多的教育者提供建设性的参考意见或建议。

这就是我们这次论坛的宗旨所在。

人工智能的飞速发展，把我们推到了教育发展的关键时刻。应对新的情况，调整新的策略，明确新的选择，这当然有赖于更多教育有识之士的共识，而不是我们这个小小的论坛所能全部完成的使命，但中丹教育论坛的思考不会没有意义，我们的思想不会没有价值。我相信，中丹教育论坛每一位参与者的声音都不会被埋没，相反，我们的呼吁与建言将成为鼓舞教育人不断探索的和谐音符，以汇入人类前进的宏伟乐章，共同推动教育的高歌猛进。

我还要感谢为这次论坛付出辛勤劳动的丹麦终身学习计划协会的丽萨女士和郭斌老师！感谢北菲茵民众学院为这次论坛提供的支持！当然，我也感谢所有参与与关注这次论坛的朋友们！

预祝论坛圆满成功！

谢谢！

随后是丹方主席摩根致辞，他对我和中国的教育同仁表示欢迎，然后强调，人工智能时代，更考验人类的智慧。人工智能永远是为人服务的，而人不能成为人工智能的助手。

致辞完毕后，是一组对话。对话双方分别是——

21世纪教育研究院副理事长、火柴公益基金会理事姜跃平与丹麦奥胡斯大学教育学院副教授汉斯·亨利克·努普；

田字格公益创始人、田字格实验学校校长肖诗坚与艾斯比约格斯国际青年中学校长马兹·波尔森；

北京日日新学堂创始人、校长、两个孩子的父亲王晓峰（大车）与经理、两个孩子的父亲彼得·斯科夫；

南京芳草园小学教师郭文红与林德万学校教师、教育学和IT理学硕士莉丝·扎乔；

中国学生吴昕凝、姜维钦与丹麦学生陈锡安、克里斯汀·汤姆森。

他们从学者、校长、教师、家长和学生的角度谈了对ChatGPT的看法。大家都认为ChatGPT作为一种强有力的工具，是福是祸，关键是人类怎么看待和应用。

我和摩根的对话在下午，是所有对话的最后一场。

其间有一个有趣的小插曲：早晨我和摩根分别致辞前，我拿着一份打印好的致辞稿，本来我可以不用稿子，考虑到是以主席的身份作论坛致辞，我觉得拿份讲稿要庄重一些，但摩根却两手空空，什么也没拿，完全是即兴讲话。下午，我俩来到拍摄地坐在沙发上，我发现他拿着厚厚的一叠打印稿，许多段落还标黄了，我乐了，说："看来你很紧张，哈哈！紧张啥呢？"翻译给他转达了我的话，他也有些尴尬地笑了，说："还是有点紧张。"说着，把稿子扔在了一边。

整个下午我俩都是即兴发挥。

摩根对ChatGPT总的看法是，ChatGPT可以帮助人，但不能取代人。我们要把教育的重点放在人本身，培养积极公民。

对话中，我表达了如下观点——

对教育而言，ChatGPT是一种威胁还是一份礼物，要看对谁。如果教师已经习惯于仅仅灌输知识、教学生死记硬背、培养考试机器，那么，ChatGPT肯定是一种威胁。什么威胁呢？职业的威胁。因为你所得心应手的那一套，ChatGPT比你做得还好，那你被取代是早晚的事，就像中国现在不少地方的高速公路收费员已经被机器售票员取代了一样。因此，不怕机器变成人，怕就怕人变成机器。如果你自己不过是"智能人工"，那你迟早被"人工智能"取代，有什么奇怪的呢？

但从某种意义上说，ChatGPT对教育也是一份礼物。这个"礼物"就是ChatGPT给我们教育带来的积极意义。积极意义至少有三：第一，ChatGPT让我们多了一条学习途径，或者为我们提供了更方便的学习方式，这无论如何是一件好事。第二，ChatGPT倒逼教师提升自己，迫使教师放弃传统的以知识为中心的应试教育模式，转而关注学生的情感、态度、价值观。第三，ChatGPT让教育恢复了自己的本质，也可以说，让教育返璞归真，这个"本质"，这个"真"和"璞"，就是"人"的起点。

不错，ChatGPT是一个工具，但我们不要忽略工具的意义，有时候强大工具的出现将更新我们的观念、改变某些事物的结构，甚至催生新的事物。比如，最早的战马并不用于直接作战，而是用于运输士兵的，战马把士兵运到战场，士兵下马再作战。但马镫这个工具的出现改变了战马的用途。因为马镫让骑在马上的人更加稳定而灵活，有利于马上杀敌，于是一个新兵种——骑兵诞生了，一种新的作战方式诞生了，甚至一种新的战争形态诞生了。当年蒙古骑兵摧毁宋朝，横扫欧洲。从某种意义上说，一切都是从马镫这个工具开始的。

我再举一个例子，PPT的出现改变了课堂结构。过去，教师板书花很多时间，课堂不可能完全让学生互动讨论。而PPT的出现，解放了教师，他可以提前将板书内容写在PPT上，课堂上省去了板书的时间，便可以组织学生讨论，让学生在课堂上动起来。这也是工具所带来的变化。

当然，马镫之所以能够改变作战方式，是因为骑在马上的人很有智慧，否则同样是骑在马上的人，马镫可能就仅仅作为上马的工具而已；同样，PPT之所以能够改变课堂结构，是因为使用PPT的人具有先进的理念，否则就算省出了时间，他也会将这些时间用于让学生多做点习题或考卷。

因此，工具是否给人带来积极的影响，全在于掌握工具的人是怎样的人。

有人之所以对ChatGPT感到不安甚至恐慌，是因为他们觉得，既然ChatGPT可以做教师能做的事，那教育的意义又在哪里？

这个问题的答案很简单，教育的价值就是人的价值！

所谓"人的价值"，就是让教育充满人情，符合人性，遵循人道。这是ChatGPT无法做到的，而只有人能够做到。

这样说可能有些抽象，那我就用生活中的细节举例吧！有一次考试，一个孩子不及格，而且分数很低。老师发试卷时走到他的面前，把试卷的一角折过来将分数遮住，因为同桌有可能看见这个分数。这个动作看似不经意，却体现了老师对孩子尊严的维护。这是ChatGPT所不能做到的，只有人能够做到。

也是一个孩子，曾在一篇文章中回忆自己的老师，说当年自己功课不好，有一次他在作业本上看到老师写的一行字："别灰心，你一定能够学好这门功课的！"这行字让他十分感动，对老师充满感谢和崇敬，信心也增加了。经过努力，他果然把功课学好了。他在文章中这样写道："好老师的眼里不会只看到课本的！"不只看到课本，更要看到学生，这也是ChatGPT做不到的，只有人能够做到。

这种心心相印，息息相通，彼此听到对方的心跳、感受对方的脉搏的情景,才是人的教育,而 ChatGPT 做不到。

教育本身并不只是灌输知识和传授技能——知识和技能在教育的过程中,都是人格形成的渠道之一。

那真正的"教育"究竟意味着什么呢?意味着精神的提升、人格的引领、情感的熏陶、价值观的引领……一句话,教育是指向人的灵魂的。所有学科知识的学习都是人格形成的极其重要的渠道。天地人、德智体、真善美……构成了教育丰富多彩的内涵。

ChatGPT 将把教师从繁琐而机械的重复性劳动中解放出来,让教师真正育人而非仅仅教书。因此,我期待着未来的学校有三个变化:第一,教师把关注知识、分数转向关注每一个人,做一个真正有爱心的教育者,他充满感情,言谈举止都有人的温度,并把这温度传递给学生。第二,课堂不再是死记硬背的地方,而成为思考的王国。在这样的课堂上,没有标准答案的统一训练,只有不同思想的互相碰撞;尤其是批判性思维在课堂上得以充分展示,无穷的想象力得以自由自在地飞翔。第三,学校的一切都因学生的成长和快乐而存在,他们不再是知识的容器,不再是考试的机器,而是自己成长的主人,他们将成长为人格健康、情感丰富、思想自由、灵魂飞扬、举止文明、善于自律、勇于担当的积极公民。

当年核武器出现时,人们惊恐,担心人类自己发明制造的核武器毁灭自己。但几十年过去了,人类利用核能造福这个世界,证明了人类的伟大与智慧。同样的道理,ChatGPT 是不是对人类的威胁,同样检验着人类的伟大与智慧。

人类毕竟是 ChatGPT 的主人,而不是工具的奴隶。

其实,我对这场对话并不满意,因为我和摩根基本上是各说各的,他着重从宏观上强调 ChatGPT 出现后,应该如何更加注重民众学院的公民启蒙。因为事先没有很好地沟通,结果造成了遗憾,更让我遗憾的是,这个遗憾无法弥补了。

晚上，钟磬陪我骑自行车去博恩瑟小镇拍照，我们来到教堂前欣赏夕阳照耀的海边景色。这时候，姜跃平开车带着郭斌、大车和王灿烂也来了。我飞无人机，他们拍照。直到太阳沉入海中。

回到北菲茵民众学院，大家聚在教室里喝酒聊天，欢送明天就要离开这里的姜跃平。

丹麦教育究竟可不可以学？

2023年5月10日 星期三 晴

考察和论坛终于结束，我今天决定休息一天。

来丹麦老睡不好，最初几天是因为时差，后来是因为心里老惦记着天气如何——其实是惦记着拍照，所以老睡不踏实，每天很早就醒了。

今天也是4点过一点儿就醒来，掀起窗帘看天空，哇，还没完全亮的

天空已经被染红,这是一个难得的好天气。

看时间,是4点40分,再看手机上的天气预报App,欧登塞的日出时间是5点10分。马上骑车出发。

一路上的农舍、树林、输电线……都在晨曦中成为剪影。好些时候我很想刹住车然后拍拍照,但我提醒自己要抢在日出前到达海边。

四公里的路,我只骑了16分钟,到达海边时,整个天空布满朝霞,那云彩不是一朵一朵的,也不是一片一片的,而是一缕一缕的,如无数根长长的彩色布匹被人为地装饰在天空中。

我按刚才路上计划好的开始操作:把小三脚架固定住手机立在岸边拍延时,将无人机飞上天,对着喷薄欲出的太阳也拍延时,同时拿着单反相机拍大海、天空和朝霞。

虽然看过无数次太阳从海平面升起,但我依然无法用语言表达这景象

的壮丽和我心灵的震撼。尽管我目不转睛地凝视着东方海天之际最红色的那一点，但朝阳的诞生，好像还是在一瞬之间便完成了。它从海里一点点冒出时，金色弧线在缓慢而有力地扩展，它面前的海面一片血红。当半个太阳浮出海面，我感觉这个金色的半圆，就像由刚刚从炼钢炉里倒出来的钢水铸成的，海水汹涌澎湃，好像已经沸腾……

离开了海边，我骑车来到了一望无际的原野。大片大片的油菜花和地毯一般舒展的麦苗地，都沐浴在晨晖之中。

我的无人机如犁一般掠过田野。它先是低空飞行，几乎吻着麦苗和油菜花，直抵一棵孤独的大树或一处院落后，突然升高、回旋，从容不迫地俯瞰着生机盎然的大地……

回去吃了早点，我又骑车去了四公里以外的一处森林古堡——其实是一家私人庄园，五年前我来过。我依稀还记得路，穿过森林后，一座古色古香的红色古堡呈现在眼前。古堡四周都是湖水，或者说它看上去就像是浮在水面上。岸边是长满小花儿的草坪，草坪上有两三棵美丽而苍劲的树。草坪的边缘便是森林小路。

在森林里飞无人机，绝对是危险操作。空间狭小不说，高低参差的枝丫，极容易炸机。但我想挑战自己，冒一次险。我在森林小径上，升起了无人机，当它离地面不超过两米时，我慢慢推动操作杆，让无人机缓缓向前飞。它在绿色隧道中穿行，飞到几棵参天大树前时，我小心翼翼地让它

钻过树枝。终于它匍匐一般地贴着草坪钻过去了，然后贴着地面，吻着闪烁着阳光的小草和星星点点的野花儿向前飞翔，飞到古堡前时，一跃而起，看着下面的红色古堡、清澈的湖面和绿色的森林，再旋转镜头，看远处飘着白云的蓝天和无边无际的大海⋯⋯

下午，在房间整理最近的听课记录，感慨颇多。

无论是国土面积还是人口数量，丹麦和中国完全不是一个级别的，两国的历史文化也有很大的不同。但丹麦教育并非不可借鉴。五年前来丹麦时，我在微信公众号上介绍丹麦的教育，有不少朋友说"国情不同，学不会的"。现在一提起北欧教育，许多人除了羡慕，就是叹气："我们没法学！"理由就是中国人口多，就业压力大。

是这样的吗？

如果这里的"学习"指的是生搬硬套，简单地"抄作业"，那肯定是"学不会"的；但如果结合中国的实际，在学习中创造性地转换，这是完全可能的。比如，丹麦的青年学校，我就认为中国完全可以学习借鉴。

在丹麦，九年级的孩子毕业后，可以选择继续读高中，也可以选择先

去青年学校读一两年，再继续接受高中教育。十五六岁的孩子，已经开始成人，但又还不是成人，处于青春期的他们，有许多困惑，也有许多自己的兴趣爱好，他们还没想好人生的下一步怎么走，青年学校便给他们提供了一个"心灵驿站"，让他们的成长有一个"缓冲期"。

在青年学校，老师也要教授学科知识，但更关注学生在个体发展中性格的塑造，更重视对他们人生方向的引导。与传统意义上的学校相比，青年学校在教育、教学等学校事务上有很大的自由空间，如科目的选择、教学方法以及教育方式。在课程方面，青年学校也与公立学校有相同的必修科目，但还专注于特有科目，如体育、音乐、戏剧等。

如那天音乐青年学校的校长 Mette 所说，他们特别注重师生关系，注重师生之间的信任与平等："我们尊重不同的角色和不同人所处的角度。我们相信对话，特别是对于类似于成人的青春期孩子。我们不是给学生办学校，而是和学生一起建设学校。"

在这样的学校中，学生可以更好地思考人生，发现自己的特长，作出更有利于自己个性发展的选择。

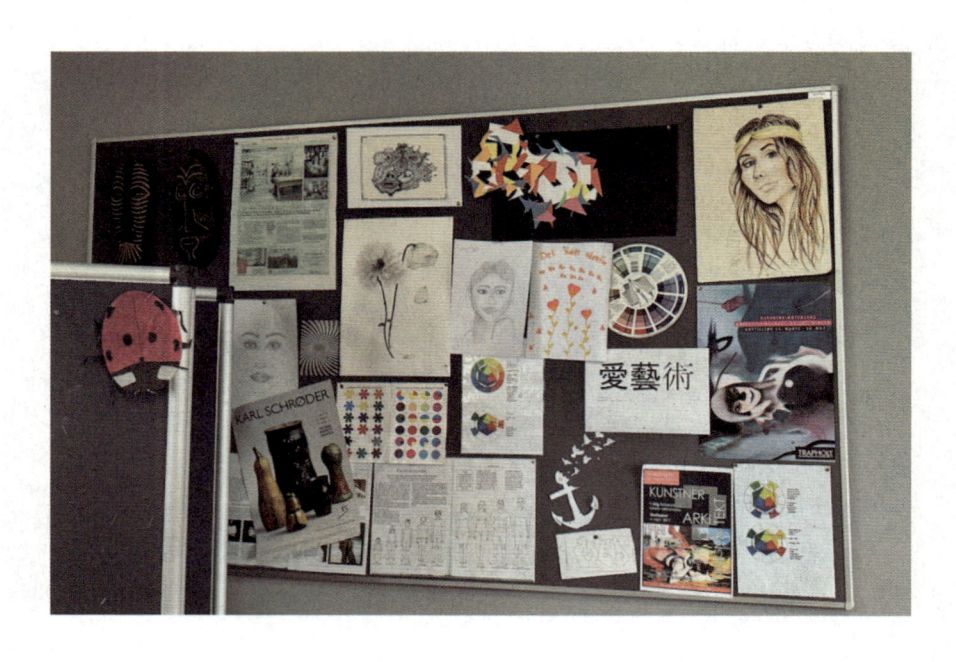

很长一段时间以来，中国学生的压力实在太大，除了分数，其他无暇顾及。所以我说过，中国的学校没有学生，只有考生。初中毕业就两条路：要么考高中，要么读职高。他们是被家长推着甚至逼着往前赶路，没有一点时间停下来想想自己未来的路究竟该怎么走。很多有想法的孩子得不到家长的理解，很多时候，孩子的想法不被教育者知道。

我们为什么不能让他们在高度紧张地度过了九年学习（考试）生活后，喘口气，歇一歇，真正找到符合自己个性、爱好与特长的成长之路呢？

何为"教育成功"？可能答案有很多，但能够让孩子健康、快乐并获得符合自己个性成长的教育，肯定算是一种巨大的成功。从这个标准看，丹麦教育是成功的。

丹麦的许多教育理念与做法可能我们暂时无法学，但他们的青年学校模式我觉得中国是可以借鉴的。

在斯莱特学校遇见老朋友

2023年5月11日 星期四 阴转晴

今天，我和日日新学堂的师生来到了斯莱特学校。

我其实是第二次访问该校。2018年秋天，我曾来此参观考察，不但听了一节英语课和一节数学课，而且还和几位老师聊天，和校长也进行了比较深入的交流。

五年前，我曾经在"镇西茶馆"撰文介绍过斯莱特学校。这是一所学制九年的普通学校——丹麦的小学和初中都是连贯的，没有单独的小学和初中，也无所谓重点学校和非重点学校，因此这所学校是具有代表性的。

我听了一节七年级的丹麦语课。走进教室，我数了数人数，共23个学生，每一个学生桌上都摆着一台笔记本电脑。郭斌老师告诉我："孩子用的笔记本电脑是国家提供的。"她还说，学生的作业早已无纸化，都在电脑上完成。

这一节丹麦语课主要是讲语法，由实习老师讲授。四位实习老师都来到教室里，他们的实习明天就结束了，今天是最后一次上课。

课堂上，老师和学生都是通过电脑进行教和学。因为语言不通，我不知道具体的教学细节，但我大致可以猜到，老师设计了一个程序，抛出一个个选项，让学生判断词性。学生就在联网的笔记本电脑上抢答。老师给分的标准有两个：一是正确，二是迅速。虽然学生们都是在自己的笔记本上操作，但内容都显示在大屏幕上。整个课堂十分活跃，时不时伴随着笑声和欢呼声。感觉他们不是在学知识，而是在玩游戏。

担任具体教学的是一位女实习生。她在教学过程中，几乎一直坐在黑板旁的一张桌子上，两腿悬空着，不时摇晃，手则时不时去按墙上那个按钮，以控制电脑。她和孩子们一起笑，有时还鼓掌激励孩子们。但始终就坐在那里。

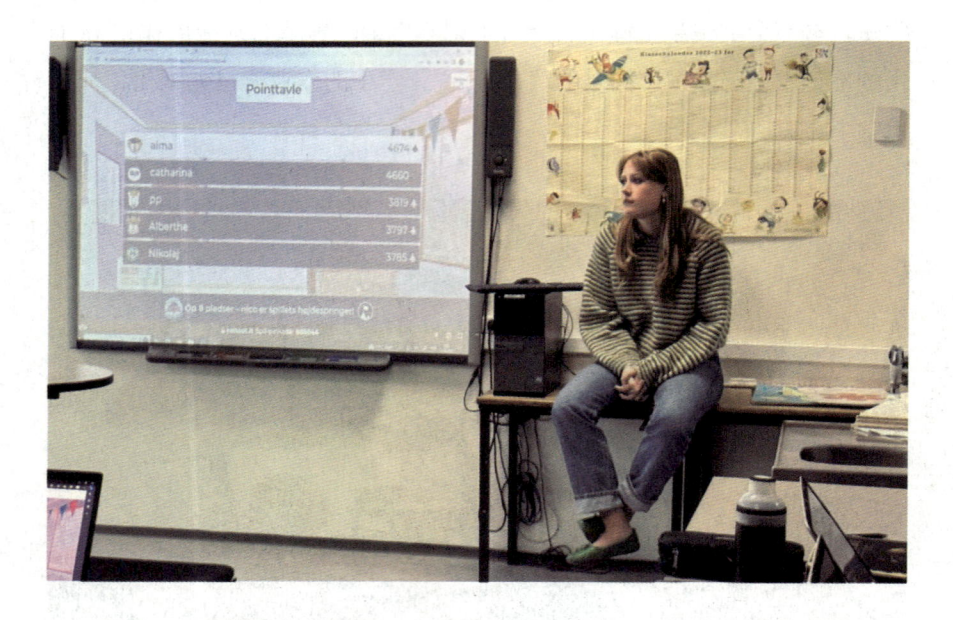

另外三位实习生则分别站在三个孩子的身后，也一直不动。郭斌老师告诉我，他们面前的孩子是有阅读障碍的特殊学生，他们随时给学生提供帮助。

教学结束了，老师拿出巧克力，走到每一个孩子身边发给他们。原来，因为这是他们实习的最后一课，他们以这种方式向孩子们告别。于是，老师和学生一起吃着巧克力，我也得到一块巧克力。

吃了巧克力，斯莱特学校的老师希望来听课的日日新学堂的学生和丹麦学生有所交流和互动。日日新的几个学生也很大方，走到了前面。他们直接说英语，简单介绍了中国和中国学生的学习情况，然后，丹麦学生提了不少问题，他们显然对中国学生很好奇。

我印象比较深的有两点：

一是说到在校学习时间，日日新的学生说他们每天早晨8点上课，晚上7点离开学校。丹麦学生听了大为惊讶，他们说他们每天9点到校，上四五节课，下午3点放学，放了学就去运动、跳舞或参加自己感兴趣的活动。

我也非常感慨，这些丹麦孩子每天在校时间是6小时，而中国孩子是11小时，这个差距太大了。而且，据我所知，日日新的学生在校时间在中国绝不是最长的，相反，他们运动和玩耍的时间比许多学校都多。他们尚且如此，中国其他的学生又是怎样的辛苦，可想而知。

二是丹麦孩子问中国孩子："你们上班吗？"日日新孩子说："不上班，而且中国也禁止孩子上班。"原来，在丹麦，孩子14岁就可以出去干活，当然，是利用课余时间打工挣钱。现场几个孩子分别说了他们经常做的工作，有的是烘焙面包，有的是做足球教练（应该是教练的助手之类），有的是帮低年级孩子学习（估计类似于家教）。

丹麦的家庭显然不缺钱，而且这些孩子所谓"打工"，很多时候都是做志愿者，没有工资的，但即使从事有偿劳动，家长的动机也不是为了让孩子"补贴家用"，而是让孩子有自立意识并明确自己应该开始对自己负责任了。

当然，中丹两国情况不同，我也不赞成中国使用"童工"，但即使我们的孩子根据自己的兴趣爱好去做没有报酬的志愿者，他们有时间吗？每天被课程压得直不起腰，哪有心思去"干活"？

我问了丹麦学生一个问题："你们最大的压力是什么？"

本来谈吐大方的几个孩子居然语塞，好像不知道怎样回答，后来一个男孩想了想，支支吾吾地回答我："我也说不出压力，当然，压力也有，比如我喜欢踢足球，我就想怎样才能把足球踢好，这是我的压力。"还有一个孩子说，她喜欢跳舞，压力就是怎样不断提高自己的舞蹈水平。另一个孩子说，自己想把学习搞得更好，这就是他的压力。

我问他们："据我所知，你们除了九年级毕业前有国家统一考试，在此之前是没有考试的，只是有小测试，是吗？"

一个男孩回答说："是的，国家统考之前有小测试。"

我追问："你们知道分数吗？"

他说："老师会告诉我，但不会在班上公开评比，老师告诉我分数时，还会告诉我，我的分数在同龄人（注意，是'同龄人'而不是'同班同学'）中大概处于什么位置。这种考试对我们来说没有任何压力。"

我想起上次来这所学校时，和该校老师聊起考试时，他们就说："我们考试主要是看学生掌握得怎样，我们应该怎样去帮助他们。"

我问："你们的老师除了上课，平时还有哪些时候和你们接触？"

他们说，平时有什么心事都会和老师聊，老师也经常和学生聊天，聊天的内容很广，包括电影、歌曲等，就像和好朋友聊天一样。

在问到九年级毕业后的去向时，有个女孩说："我想直接读高中。"一个男孩说："我想先读青年学校，我喜欢运动。"还有一个男孩也说："我也想先读青年学校，我喜欢艺术。"

对他们来说，初中毕业有不同的选择，而且如何选择他们都可以自己做主。

下课后，我走出教室，看到学生中有裹着头巾的女孩，还有一个很像

中东人的男孩。一问,那位女孩来自阿富汗,那位男孩来自伊朗。他们都是丹麦接收的难民。从这两个孩子的脸上,一点看不到难民的影子。他俩活泼、健谈,和丹麦同学完全融为一体。

过了一会儿,郭斌老师和一位中年男教师走到我面前,郭斌问:"李老师,还记得他吗?"我仔细看了看,脑子急速运转,一下想起来了,这不是学校分管国际部的负责人 Morten 老师吗?五年前我还和他交流过,并写进了《教育的100种语言》。我还通过郭斌送了一本书给他。

他也认出了我,很是高兴,我俩紧紧握手。

我说:"你好像比五年前胖了一些。"

他说:"是的,我的腿受伤了,运动比以前少多了。"

然后他兴奋地领着我到他上课的教室去,说要我去看看我送他的《教育的100种语言》。

走进教室,我不但看到了我的书,而且还发现他把书中写斯莱特学校的那几页复印了出来,贴在墙上,包括我给他签名的扉页,都贴出来了。

我太感动了。

这时，又来了一位中年教师 Brian。我一下就认出他来了，那年我听过他的课，他教英语，那堂课他让学生们用英语辩论：是否应该废除死刑？我也把听课笔记写进了《教育的 100 种语言》。

我和他握手，并合影。

我对 Morten 老师说："那年来，我还听过一堂数学课，是一位女教师上课，我和她还交流过。她现在在学校吗？"

他说："应该在的，现在还没下班嘛！我去给你找找。"

不一会儿，那位数学女教师 Jytte 来了，我俩相见紧紧握手。

通过郭斌老师的翻译，我俩简单聊了起来。

我说："您当时让我很感动。您给我讲您辅导一个数学成绩不好的叙利亚女孩，后来她的数学成绩提高了。当时我问您，您给她单独辅导有没有报酬，您说您的报酬就是孩子学习进步的笑脸，他们毕业了，成长为合格公民，一代又一代的学生会来看您，这就是对您最大的回报。当时翻译的丽萨老师都流泪了。您这几句话，我在中国讲课时经常引用。"

她说："就是你来听课的那个班有一个孩子，后来考上了师范大学，前不久来我班上实习。看到她也成了老师，我特别开心！"

我说："您这么有爱心，一定会感染、传递给您的学生，她也一定会是一位有爱心的老师！"

她说：" 我也相信，她会是有爱心的老师。"

我问她工作量如何，她回答说：" 我每周 28 节课，上七八九三个年级的课。"

我大吃一惊，这么重的工作量啊！

我问她：" 您除了上数学课，还上其他课吗？"

她说：" 除了丹麦语课、英语课和法语课，其他课我都上。"

我说：" 您几乎是全科教师啊！"

她说：" 不，语言类的课是我的弱项，我的思维不发达，所以语言课我不上。"

在我看来，她已经非常厉害了。

我用英语说了一句：" Welcome to China！" 紧接着又补了一句："Welcome to Chengdu！"

她表示感谢，但她说：" 可我比较穷，没那么多钱啊！"

上次来丹麦我特意了解过丹麦中小学教师的收入，的确不高，但也不算低，在丹麦是中等水平吧。

她说没钱显然是调侃，至少去中国的费用是不缺的。

我也开玩笑说：" 等到您退休时，就有钱去中国了。"

她说：" 我今年 60 岁了，离退休还有八年。"

我又吃了一惊，原来在丹麦，公办女教师的退休年龄是 68 岁。

临别时，我俩合影，并再次握手。

她说：" 谢谢你还记得我。真没想到，今天有这么一个惊喜！"

中国教育有哪些可以供丹麦学习的？

2023年5月12日 星期五 晴

明天将踏上归程。早晨 4 点 50 分，我骑车前往海边，向博恩瑟的朝阳告别。

海边依然静谧，日出依然从容。和往日略有不同的是，今晨的云霞特别绚丽，如同一朵朵灿烂的鲜花开满天空。我在岸边用三脚架把手机固定好，对着天空拍延时；然后又将无人机升到高空，也拍延时。后来从制作的小视频中看到，旭日东升，彩云飘飞，海面波涛汹涌……极为壮观。

上午，我骑自行车在北菲茵民众学院周围转了转，再次用无人机将阳光下墨绿的森林、蜿蜒的小河、童话般的茅屋、金灿灿的油菜花、绸缎般柔滑的麦苗……一"扫"而尽。

下午，我陪钟磬和王灿烂骑车又去了一次庄园。夕阳下的古堡格外庄严，屋顶反射出一种看上去特别神圣的光芒。

三次来丹麦，印象都很好，特别是丹麦民众所表现出的文明风气。

从我接触的丹麦普通民众身上，我感觉丹麦人很单纯、质朴、善良。

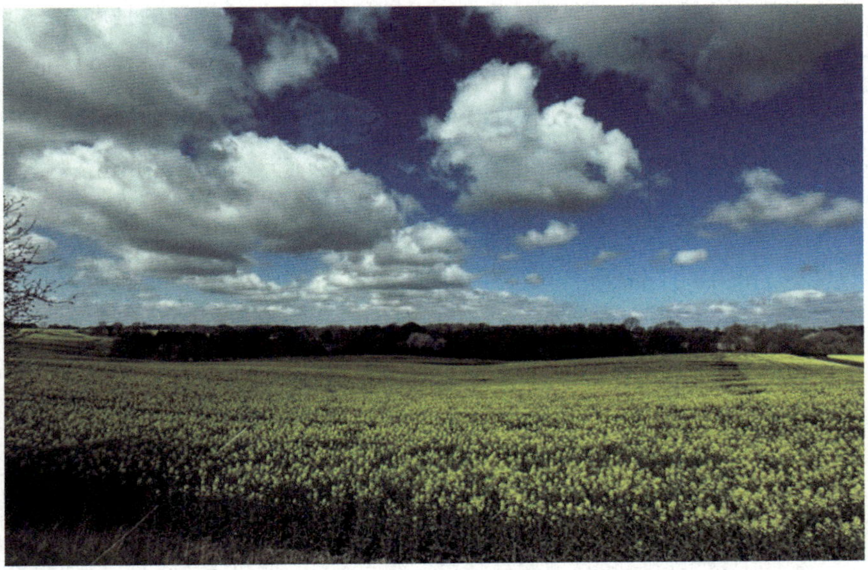

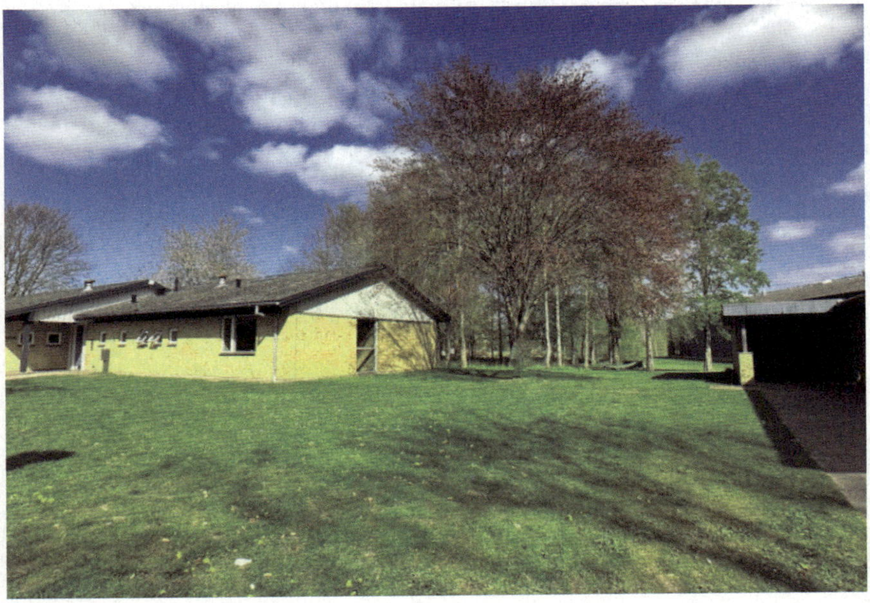

我认识的几位丹麦朋友就不说了，就连平时在路上擦肩而过的丹麦人，只要目光相碰，对方总是给我一个亲切的微笑，然后随口说一声"Hello"。早晨跑步过程中，遇到对面也跑过来一个丹麦人，无论男女长幼，对方都会向我问候一句"morning"，这让我也不得不回一声"morning"。这种情况在国内是很少见的。在路上遇到笑脸和问候，总是一件令人愉悦的事。

前几天，国内一位朋友给我发微信求证："听说丹麦的自行车都没有锁，是不是真的？"我回复他："我所在的北菲茵民众学院有一个小屋，里面停放着许多自行车，各式各样的，没有一辆有锁。那些自行车任何人都是可以随便骑走的，无人管理。我2018年来就是如此，这次来依然如此。"

我最近每天早晨和晚上都是骑自行车去海边。昨天和钟磬一起骑车来到博恩瑟的教堂，我们把车停在街边，把双肩包放在车旁，我拿着相机便进了教堂外面的花园。拍了大概半个小时，我想飞无人机，突然想到无人机在双肩包里。一种本能的紧张，驱使我赶快小跑到几百米外的街边停车处。结果没锁的自行车依然在那里停着，我的双肩包依然在自行车旁的地上放着。丹麦朋友说："不用着急，不会有人拿的。"在他们看来，道理很简单：不是自己的东西，为什么要拿呢？

我三次来丹麦都住在民众学院的一幢平房里，进出房门从来不锁门。虽然我也有钥匙，也可以将房门锁死，但我嫌麻烦。出门时最多把门虚掩上就可以了。早出晚归，一直如此，从来不担心屋里的东西会被盗。

至少以我的感受可以说，丹麦做到了"路不拾遗，夜不闭户"。

当然，也许会有人说："那是因为丹麦国家小，人口少，好管理。"这当然是一个重要原因，但绝不是主要原因，更不是唯一的原因。世界上小国很多，可并非都做到了"路不拾遗，夜不闭户"。

何况，丹麦也不是从来如此，也有过野蛮的历史。今天丹麦的风尚，是文明的积累，更是制度的结果。

当然，丹麦朋友也对我说，在丹麦的大城市里，比如哥本哈根、欧登塞市区，由于比乡村地区人口结构更加复杂，外加每个人心理安全感的定义也有差异，比较贵的自行车，都是上锁的。

那天我们去欧登塞参观安徒生博物馆，进停车场时需要输入车牌号，结果仅仅因为粗心而输错了一个数字，不久司机便接到了700元的罚单，而且毫无申诉渠道。丹麦朋友告诉我们，这是不诚信的代价。我们坐火车，无论入站还是进车厢，无人检票，直接上车就是了。坐在车厢里也没有人来查票。这是不是意味着逃票很容易？不，偶尔会有工作人员来抽查车票，而一旦发现你没票，便会记录进你的诚信档案，以后你无论做什么，这个"污点"都会伴随着你，让你付出沉重的代价。

所以，任何文明的风尚，都必须靠制度来保证。最初也许大家都是出于利益的自保而不得不遵守制度，但日积月累，时间一长，几百年过去了，文明便成为一种习惯。

晚上，我打算最后一次骑车去博恩瑟，再看一眼丹麦的落日。但郭斌老师说，丹麦终身学习计划协会秘书长丽萨想采访我。

这里的落日时间是晚上9点一刻，我看了看时间才6点过，便说："没问题，我8点过走都来得及。"

在民众学院的教室里，丽萨对我进行了采访，郭斌老师担任翻译。

丽萨的第一个问题是："您这是第三次到丹麦了，可见您对丹麦有着良好的印象。请问，丹麦哪些方面让您觉得好呢？"

我稍微整理了一下思路，说："我的确对丹麦印象很好。对我来说，丹麦是一个'三好'国家——人好，教育好，自然环境好！人好，指的是我接触到的丹麦普通民众，都是那么善良、纯朴，感觉你们都很简单，没有心机，也不功利。这是我三次来丹麦都能感受到的。教育好，指的是丹麦教育特别注重对孩子的尊重，强调自由的同时也没有忽略责任，尽可能保护孩子的天性，保护他们的创造性。自然环境好，这个我感受特别突出。空气特别清新，风景优美。当然，中国风景也很好，而且在我的视野里，中国许多绝美的风景可能是丹麦没有的，比如黄山、九寨沟，为此我拍过许多的照片。但中国往往是旅游区风景最美，而丹麦没有旅游区，因为丹麦处处都是景点。"

丽萨说："谢谢！您觉得丹麦教育哪些方面可以供中国学习？"

"丹麦教育许多是中国不能学的。"我直率地说，"即使想学也学不会，因为国情差异太大，比如人口，丹麦还不到600万，而中国是14亿多。"

略微停顿了一下，我说："但是，教育总有一些是相通的，因为人性是共通的。落实在教育上，尽可能尊重孩子，给孩子以心灵的自由，尽量不要强迫孩子，不要束缚他们的想象力和创造性，应该说，这点丹麦做得比中国好，而在这方面中国可以以自己的方式做到，目前中国正在加大力度'减负'，就是减轻孩子过重的课业负担，可见中国教育也在积极变化，而且进步明显。这也是事实。国家推行的素质教育，其核心就是让孩子们越来越富有创造性。那天我看到丹麦一所学校的游戏化学习和项目式研究，这个在中国也不少见，虽然中国并非所有学校都在做，但的确有不少学校做得也不错。"

我又说："丹麦教育究竟有什么值得中国学习的？这几天我也在思考。我觉得有一点是可以学习的，当然，应该根据中国的实际情况创造性学习，那就是你们的'青年学校'模式。孩子九年级结束了，不想马上读高中的，可以去青年学校，一边学习功课，一边学习自己喜欢的内容，比如体育、音乐、舞蹈或其他爱好，在此期间，他可以好好想想自己下一步怎么走。读了一两年之后，他可以直接读高中，也可以读其他专业学校，或者工作。多好！中国孩子压力太大，从小学到初中毕业，一直被家长推着往前走，初中毕业稀里糊涂就进了高中或职业中学。其实，他们也应该有一个心灵驿站，应该有一个地方喘口气，想想自己下一步该往哪里走，该怎么走。除了读高中然后考大学，我们中国的教育还应该给孩子更多的选择。"

丽萨问："中国的学生九年级结束后，除了升学，就没有其他选择了吗？"

"也不是，至少从理论上说不是。"我说，"其实从20世纪80年代开始，中国就有职业高中了。这意味着不能读普通高中考大学的孩子可以读职业高中。现在中国的职业教育蓬勃发展，国家也加大了政策倾斜力度，支持职业高中的发展。所以，按说初中毕业的孩子除了读普通高中考大学，还有一个选择，就是读职业高中，而且还可以继续升入职业高校。但问题是，愿意去读职高的孩子并不多。"

"为什么？"她不解地问。

"我看主要有两个原因。"我回答，"一方面，职高毕业后，一般来说，孩子的就业竞争力远远低于大学毕业生，找不到工作。另一方面，相当多的家长观念还很陈旧，总觉得自己的孩子应该出类拔萃上大学，而读职高就是没出息，甚至丢人。这背后的深层次原因是，在中国还没有形成让每一个职业都有尊严的社会文化氛围。当然,这种情况正在逐步改变。"

我又强调说:"中国教育的问题很多,但一直都在不断改革,不断进步。以高考录取率(专科以上)为例,当年我考大学时,全国的高考录取率仅为4.7%,而前年,中国的高考录取率已经超过50%!另外,在国际PISA测试中,最近几年来中国成绩一直名列前茅,甚至包揽第一名。只是中国实在太大,好多问题不是短期内能够解决的,但我们在不断努力。"

丽萨频频点头。然后又问:"您觉得中国教育有哪些是可以供丹麦学习的?"

这个问题很突兀,我没反应过来:"这……我是来学习的,由我来说中国教育有哪些值得丹麦学习,好像不合适。不过,您既然这么问了,那让我想想……"

我说:"在我看来——当然,也许我这是中国式思维——丹麦教育好像对孩子过于放纵了一些。那天我去听课,看到课堂上孩子们坐得非常散漫。当然,我这样说,并不是说你们应该让孩子上课正襟危坐,规规矩矩。但课堂上稍微坐端正一些,是不是也是对老师的尊重,也体现人的一种修养?"

我又说:"这几次来丹麦,我都注意到,丹麦的课堂上没有师生互相问好的礼仪,老师走进教室直接上课;而在中国,上课开始,师生都要互致问候'老师好''同学们好',我不认为这是多余的,这是一种文明习惯,是一种尊重人的修养。当然,这也许是文化差异,但我想,无论不同文化差异多大,对他人的尊重都是应当提倡的。请让我姑且这么形象地说,中丹两国的教育也许恰恰处在一个事物的两个极端,一个太严苛,一个太松懈。中国学生压力太大,而丹麦学生没有压力,会不会失去了生活的动力,觉得无聊?丹麦是世界上幸福指数最高的国家之一,但听说也有不少抑郁症患者,会不会与这个有关?当然,这只是我瞎猜。但我想,中丹两国的教育如果彼此都能向对方靠近点儿,是不是更好一些?"

郭斌老师还没翻译完，丽萨已经在使劲点头，等翻译完毕，她说："我太赞同您的这个观点了，您的判断是对的。丹麦教育的确对孩子过于宽松，让一些孩子没有了应有的进取心。您说得对，丹麦的确有很多抑郁症患者，有的甚至自杀，这与生活福利太好、没有压力的确是有关系的。现在越来越多的丹麦教育者意识到了这个问题。"

　　一晃一个多小时过去了，丽萨说："本来还有不少问题想请教您，但明天您就要离开丹麦了，听说您还要去海边拍照。我就不耽误您的时间了。"

　　"谢谢！是的，我还想去博恩瑟海边向落日告别。"说着，我夸张地用手朝西边挥了挥手。

　　她笑了，说："我知道您是一位很幽默的人，常常看到您周围的人被您的话逗笑。虽然我不知道您说了什么，但我知道您非常幽默。我只恨自己不懂中文，听不懂您的幽默语言。"

　　我笑了："欢迎您去成都，我在火锅店等您！"

致　谢

本书写作过程中，得到许多朋友和师长鼎力帮助，特别鸣谢——

丹麦安徒生国际幼儿师范学院院长董瑞祥先生

丹麦北菲茵民众学院前院长摩根先生

丹麦终身学习计划协会秘书长、丹麦安徒生国际幼儿师范学院董事会成员丽萨女士

丹麦安徒生国际幼儿师范学院教师、董事会成员郭斌女士

丹麦安徒生国际幼儿师范学院所有授课老师

"安幼培训项目"第二期和第五期全体学员

中国教育三十人论坛秘书长马国川先生

第四届中丹教育论坛所有嘉宾